奉拜

鎮安堂

飛虎將軍廟

杉浦茂峰走過的台南，現在……

林百貨

杉浦茂峰走過的台南，現在……

台南地方法院

進學國小

土地銀行

台南市區

飛虎將軍廟

鎮安堂
飛虎将軍
参拝においでくださいました

鎮安堂
飛虎将軍
海
歡迎
日本のみなさんようこそ
参拝においでくださいました

飛虎將軍廟

展翅

從水戶到台南
來自日本的飛虎將軍杉浦茂峰

菅野 茂——著
三木 克彥——譯
周俊宇——審定

目次

登場人物

杉浦茂峰	飛曹長	二十歲	出身於茨城縣水戶市。小隊長，麾下有三位少年飛行兵。
和田京子		二十二歲	（蔡靜美）林百貨的電梯小姐。
金城和夫	陸軍少尉	三十二歲	灣生。雙親出身沖繩，是設於林百貨屋頂防空重機槍陣地的分隊長。
李康夫	課長	四十三歲	林百貨課長。和田京子的上司。
王歌子	教師	四十歲	末廣國民學校級任老師。李康夫之妻。
杉浦恭子		二十二歲	茂峰的姊姊。
和田順德		六十歲	（蔡順德）京子之父。台南車站的鐵道員工。
和田亮二		二十歲	（蔡學亮）京子之弟。在鹽水糖業載客鐵道新營車站工作。
和田義夫		二十八歲	（蔡義夫）京子之兄。龍山國民學校的級任教師。
廣田建隆		三十歲	（黃建隆）太平國民學校的專任教師。

有馬隼人		四十歲	台北州廳警察部特別高等警察（特高）警部。
小林善晴	海軍大尉	三十七歲	台南航空隊分隊長。海軍大尉。
岡村正武	二飛曹	十七歲	杉浦小隊少年飛行兵。長野縣出身。
青木信輔	二飛曹	十七歲	杉浦小隊少年飛行兵。千葉縣出身。
高平山	二飛曹	十七歲	杉浦小隊少年飛行兵。高山族，台南航空隊唯一的台灣人飛行兵。
鬼里太郎	飛曹長	二十八歲	通稱「鬼太郎」，身經百戰的擊墜王。麾下有兩名少年飛行兵的小隊長。
高橋二郎	上飛	十七歲	鬼里小隊少年飛行兵。
清水邦夫	上飛	十七歲	鬼里小隊少年飛行兵。
葉盛吉	練習生	十八歲	台南空飛行預科練習生。志願報名成為飛行練習生。
郭秋燕		五十歲	日升大飯店的女經理。常為日本人觀光客做飛虎將軍廟的義務嚮導。
伊藤芽依		二十一歲	東京的大學生。畢業論文是調查研究飛虎將軍的事蹟。
中野良子		二十二歲	伊藤芽依的朋友。一起到台南旅行。

在台灣成神的飛虎將軍
杉浦茂峰誕生百年紀念出版

一、啟程——從水戶到台南

伊藤芽依，就讀於東京都內的文科大學大四，專門研究日本現代史，住在校內的女生宿舍。如果學校沒有活動的週末，她都會回到茨城縣水戶市水戶車站附近的老家，幫忙家裡的花藝店。週末或例假日會有許多活動，包括祝賀開店、裝飾會場或店家門市的插花與運送等，極為忙碌。雖然明年春季畢業後，就要到水戶市內已經被內定錄取的信用合作社工作，現在卻仍苦惱著尋找，明年一月中就要提出的畢業論文題目。就在九月底的一個週末，她一如往常經過水戶車站穿堂想快一點到家時，看到牆壁上貼的一張海報。

「成為神明的海軍飛行員——杉浦茂峰——飛虎將軍廟展，從二〇一九年十月五日～二〇二〇年三月三十日」

展場在筑波海軍航空隊紀念館一樓。芽依從包裡拿出手機，拍下這張海報。會場位於茨城縣內的笠間市，離水戶很近。海軍飛行員杉浦茂峰，雖然出身於水戶市，卻好像在台灣被奉為神明。芽依十年前去世的爺爺畢業於霞之浦海軍航空隊預科練習生，聽爺爺說，到終戰時他都還是少年飛行兵。所以芽依對和爺爺同樣是霞之浦預科練習生的杉浦飛行兵頗感興趣。於是，芽依在開展的第一天就前往會場。

筑波海軍航空隊紀念館，是日本國內現存規模最大的戰爭紀念館，舊司令部廳舍和地下戰鬥指揮所等處，都能進入參觀。展示館中陳列當時軍中生活用具，及軍部相關資料。海報上所寫的飛虎將軍廟展，是在一樓企劃展示室舉行；各處展示有被祭祀於台南市飛虎將軍廟中的日本海軍飛行兵杉浦茂峰飛曹長的生平介紹、飛虎將軍廟的建廟過程，以及茨城縣與台灣之間的交流等等。

飛行兵杉浦茂峰的家是在水戶市五軒町。從霞之浦海軍航空隊乙種飛行預科練習生畢業後，他最先赴任的地方是筑波海軍航空隊，再被分配到台灣的台南海軍航空隊。

一九四四年四月到台南海軍航空隊赴任後，他在十月十二日台灣海域空戰中，與美軍戰鬥機進行空戰，年僅二十就在那一役中戰死。雖然算算到台灣只有半年時間，後來卻在那裡被奉為神明祭祀，信徒似乎還不少。

展場中介紹了飛虎將軍廟的外觀及內部的陳列物，可以看到杉浦茂峰在莊嚴隆重的寺廟中被祭祀著。

一九四四年十月十二日，當天發生的台灣海域空戰中，杉浦茂峰飛曹長駕駛著零式戰鬥機，與美國軍機展開激烈空戰。他被擊中後為了避開人口密集的市區，最後奮力地朝市郊田間飛去，墜毀在當地陣亡。他犧牲自己的生命守護了居民，其義行引來很多信徒，被當作愛鄉護土、鎮守疆土的神明祭祀。

提到在台灣有名的神明，像媽祖、關公都廣為人知，就連在日本的芽依也有聽聞。東京都港區赤坂的乃木神社中，祭祀著明治時期的陸軍大將乃木希典；他有領導日俄戰爭勝利的偉大功勳，至今仍深受許多人敬愛。乃木大將也就任過第三代台灣總督，官職崇高。不過成為飛虎將軍的杉浦茂峰，他以區區零戰飛行員海軍飛曹長的身分，就在台灣變成神明。顯然在日本和台灣，成為神的標準不一樣。首先，芽依對這個標準感到疑惑：為什麼杉浦茂峰在台灣可以成神呢？她開始對這問題產生探索欲。芽依在大學專攻現代史，更側重於人類學領域的研究。於是她打算藉由自己的觀察，試圖改變從日本來看台灣的既有視角，從杉浦茂峰飛曹長的事蹟出發做田野調查與研究，把在台南成為神明的日本兵事蹟，編寫成畢業論文。芽依覺得這是不錯的方向。

芽依的性格屬於行動派，是想到的瞬間就馬上行動的那種類型，她第二天立刻走訪還留有杉浦飛行兵遺跡的水戸市內出生地原址。從芽依位於水戸站前的老家，到五軒町的杉浦家原址，是走路就可以到的距離。

現在，那裡已經是三層樓高的茨城縣信用合作社農林水產部大樓，在面向大馬路的大樓西側，有一面水戶市設置介紹飛虎將軍的展示牌。其實這個地方就是芽依畢業後，要去任職的信用合作社旗下的相關產業。

展示牌由水戶市設置於二〇一六年，「飛虎將軍・杉浦茂峰的故居原址」，用斗大的文字寫著，「為了守護台灣人而奉獻生命的戰機飛行員」。內文詳細地把杉浦從出生到戰死的經過，以日文、英文和中文做了介紹。這裡應該也會有從海外來的訪客吧！芽依看著告示牌想著，閱讀這張展示牌，就可以大致瞭解杉浦茂峰的生平。

芽依從牛仔褲後面的口袋掏出手機，試著上網搜尋「飛虎將軍」。她驚訝地看到搜尋結果，顯示的點擊數都很多。飛虎將軍在很多網站上也都有介紹，透過影片還可以看到位在台南的飛虎將軍廟。再進一步搜尋，還發現廟方好像早上會從擴音機播放〈君之代〉（譯註：日本國歌），廟裡也懸掛著日本國旗，晚上還會大聲播放〈海行兮〉（譯註：日本海軍軍歌）。

芽依在展示牌前沉浸於手機裡的搜尋時，從後面傳來聲音。

「芽依，你在這裡做什麼？」

她轉過身來，中野良子好奇地站在她面前。芽依跟良子同年，雖然小學不同間，但從小一開始，兩個人都在水戶東武館一起學劍道。她們倆從小學畢業之後，漸漸地就不打劍道了。良子家在五軒町這邊，現在在家裡經營的超商幫忙。芽依送鮮花路過附近時，還經常順道找良子聊天，所以兩人直到現在都還保持聯絡。

「良子，你知道這位飛虎將軍嗎？」

「這位杉浦飛行兵，是五軒小學校畢業的。但是現在那邊變成是水戶藝術館，跟戰前不一樣了喲！」

芽依和良子就讀不同學區的小學，所以不知道五軒小學的歷史，而良子似乎對飛虎將軍多少有一些瞭解。

四年前的二〇一五年，飛虎將軍的神尊跟從台南來的訪問團一起回到水戶；當時，神尊放在日本式的神轎上，還在水戶市街區遶境。到達護國神社之後，舉行神道教的儀式。那時神轎經過茂峰出生的老家，也從良子家的超商前經過。所以從設置展示牌那時起，良子就知道杉浦的出生地原址了。

「芽依，你不覺得杉浦飛行兵是個美男子嗎？」

展示牌上面印著杉浦穿著飛行服的全身照。

「所以啊！如果到台南的話，說不定還會有新的發現。」

良子一邊指著茂峰的照片，繼續說道，「我敢說他絕對有和台灣女生談戀愛。但是預科練習生都是硬漢直男，或許不用太期待。」

良子將頭髮撩起來，仰望著天空說道，「我想去台灣！去吃美食、或去觀光，是不是也不錯？」

「好啊！良子，一起去台南吧！」芽依笑著回答。

芽依的行動力從小學開始就沒變。在劍道比賽中，她會持續攻擊對手，當對方招架不住時就會獲勝，可是如果讓對手找到反擊的空隙，就會輸掉。芽依一直是在獲得優勝，或是在預選時落敗，這兩種情境中搖擺。當時看在眼裡的劍道老師，總是會這麼嘀咕：

「劍道完全沒有改變你的性格。」

芽依的性格，良子很是瞭解。

「要去台南的話，那就越快越好喲！」良子滿是笑意地對著芽依說。

芽依的一句話就這麼決定了台南之行。

芽依把出發日期設定在十月的週末，預計從十七日到二十日的四天三夜之旅，跟良子協調好前往台南的日期後，兩個人馬上就去申請護照。這是兩人第一次的海外之旅。

即使不從成田或羽田國際機場出發，雖然茨城機場的航班有限，也還是有直飛台灣桃園國際機場的航班。從水戶車站搭乘巴士的話，大概四十分鐘就可到達茨城機場，相當方便。

十月十七日，兩人按照計畫，搭機抵達台灣桃園國際機場。再從機場附近的桃園高鐵站轉乘高鐵，約九十分車程就能到達高鐵台南站。從水戶出發後，不到半天就抵達台南。戰前從霞之浦海軍航空隊到台南，以零戰的飛行時間要花多少小時？如果在途中加油和休息一下的話，應該大約要花上兩天時間吧。

至於在台南的住宿地點，在網上搜尋了一下，芽依就向有在飛虎將軍廟擔任日語導覽志工的郭秋燕，她所經營的日升大飯店訂了房間。根據官方網站顯示，這間飯店位於台南市尊王街，客人多是日本旅客或是商務客。

芽依是在飯店官網上訂房的，登錄時也填上抵達高鐵台南站的時間，拿著寫有兩人姓名牌子的郭秋燕，來到高鐵出口處迎接。郭秋燕是位短髮且活潑的飯店女經理。

「歡迎來到台南。」

郭秋燕馬上朝兩人過來，用力握起手。這應該就是常聽說的台灣式「熱烈歡迎」。秋燕穿著短袖襯衫及牛仔褲，裸足穿著運動鞋。芽依和良子還穿著冬天長袖的夾克，水戶現在是迎來紅葉的秋天，出發當天早上還比往年稍微冷一點，兩人脖子上都還圍著圍巾。台南和水戶的季節真的完全不一樣，光是穿著上的差異，兩人就困惑地皺起眉。

「芽依，這裡的季節到底是夏天？還是冬天？我都搞不清楚了。」

這是良子到台南後的第一句話。

「這裡是熱帶，光與熱的台南。台南沒有冬季。」

車子從高鐵台南站進入高速公路。從窗外來看，和今天早上通往茨城機場的高速公路景色，並沒有太大差異。沿著地平線連續的田園風景都一樣寬廣。車子是可以乘坐九人的小巴，秋燕的駕駛速度飛快。她還一邊開車一邊講話，就像忘了正在開車，兩手幾乎都要離開方向盤，邊講話邊帶手勢地跟兩人交談。那模樣就彷佛，從全身湧現光與熱的活力。

從車上的談話得知，秋燕是飛虎將軍廟的熱心信徒。在幾年前，她從飯店將日本旅客送到高鐵台南站途中，順道帶著客人導覽飛虎將軍廟。在高鐵站送走客人後，秋燕在回程要到銀行存錢，才發現裝有現金的包包不見了。她應該是把包包忘在高鐵台南站的廁所裡沒拿，發現時早就超過一小時。

她著急地開車返回高鐵站，打開自己用過的廁間門一看，包包還掛在門內側的掛勾上，現金與帳本皆未遺失。她堅信皮包安然尋回這件事是飛虎將軍的庇佑，自此成為熱心的信徒，之後工作順利，運氣也變好了。

此後，秋燕只要接到飛虎將軍廟通知有日本觀光客到訪，就會馬上驅車前往，擔任日語導覽志工，專門解說在台灣成神的日本人飛行兵的故事。抵達飯店之後，整理好採訪要用的工具，兩人很快地在秋燕的導覽下，逐步探索茂峰所走過的痕跡。

杉浦茂峰生於一九二三年十一月九日，父親是住在茨城縣水戶市五軒町的杉浦滿之助，與那珂市出生的母親多爾（譯註：原文為たね，無漢字）間的三男，他還有位姊姊。從五軒尋常小學校進入到三之丸尋常高等小學校後，因為憧憬成為海軍飛行兵而志願報名。他在一九三八年十四歲時，以霞之浦航空隊乙種飛行預科練習生的身分進入海軍。海軍飛行預科練習生分甲種、乙種、丙種，茂峰是乙種十期，練習生訓練期間是一年二個月。

預科訓練時，重視的是學力、精神力和體力。進入土浦海軍航空隊，接受飛行基礎訓練後，練飛的課程就結束。畢業後，首先派往筑波海軍航空隊，之後又發配到以南方最強戰鬥機隊聞名的台灣台南海軍航空隊。

茂峰從水戶要往遙遠的台灣出發前，回了一趟老家，迎接他的是年長兩歲的姊姊——恭子。恭子現在是女子挺身隊，被動員到水戶市內的軍服縫製工廠工作。茂峰向來稱呼她為「恭子姊」，恭子從小就代替繁忙的母親，無微不至地照料這個弟弟，是茂峰最愛的姊姊。茂峰瞞著家人去考預科練，合格通知書到達時，姊姊強烈反對茂峰進入預科練。但是茂峰非常嚮往，後來不顧姊姊的反對入伍，這讓姊姊一直很不滿。茂峰頻繁地收到姊姊從水戶寄來的信，信中透露出她的擔心，詳細列出每天要注意的事項，簡直就像軍人教條般。茂峰是喜歡這樣的姊姊的，所以心想到台灣報到之前，一定要見到一面才回水戶一趟。

二、日本海軍的驕傲——台南航空隊

一九四四年四月，杉浦茂峰調任到台灣台南航空隊。茂峰從內地（譯註：日治時期對日本本土四島的稱呼）搭乘運輸機，即將抵達位在台北的陸軍航空隊松山機場。在降落之前，從機窗可以看到前方深綠小山丘上有座大鳥居，往後就是鳥居後面巍峨的正殿。那是鎮守整個台灣的象徵，眾人公認很重要的台灣神社；右下方還可以看到台灣護國神社的屋頂，那裡祭拜著陣亡者的英靈。

從台北到赴任地的台南，沒安排到轉乘的飛機，所以就改搭火車。在機場拿到行李後，茂峰就往在出口等著的軍用巴士走去。松山機場的西側有航空產業相關的工廠，這時剛好午休，很多的女性員工，被灑下的春天暖陽所吸引，在廣場上打開便當享用，大家很開心地交談著。在內地相關的軍需工廠，不太會看到這種場景。光是這樣，就可以感受到台灣比內地還開放、自由。

茂峰搭乘的軍用巴士，經過通往台灣神社的敕旨街道（譯註：如今台北市中山北路）。巴士在台北州廳的十字路口右轉後，沒多久就抵達台北車站。台北車站前的廣場非常開闊，跟火車軌道平行的大馬路也是；那是拆除台北城的城牆後擴建的，這條著名三線道大馬路，還成了明信片上的風景，成為台北的象徵。像這樣寬敞得像是廣場的大馬路，茂峰在內地從未見過，也沒聽說過。台北車站隔著三線道的另一邊，可以看見紅磚瓦造的豪華洋式三層樓高的建築。

那是皇族和財政界大老才能住得起的鐵道飯店，鐵道飯店的屋頂後，有個突出的高塔上，可以看到日本國旗悠悠飄揚在天邊。那裡應該就是台灣總督府吧！

台北車站是磚造的大車站。正方形的中央廣場，有郵局和紅帽室（譯註：戴紅帽的行李服務員詢問處；類似現今台鐵行李託運寄存中心），裡面還有餐廳。直直地從正面進去，就能看到剪票口，左邊則是三等、一等、二等的寬敞候車室和賣東西的小店。候車室有不少要搭火車旅行的乘客，顯得有些雜亂。

月台上的列車，從一號線到五號線，總共有五列；在最裡面的淡水線月台，可以看到小型的蒸汽火車吐著煙進站。

每個月台上都可以看到很多穿著陸軍、海軍軍服的軍人，但是因為季節感模糊，所以有穿黑色或是卡其色軍服的，也有穿著白色短袖夏季軍服的軍人。現在內地剛好是衣服要換季的時候，不過在這裡看到的服裝，實在讓人分不出是春天還是夏天。

沒過多久，從基隆發車往高雄的火車默默地吐出黑色濃煙進站。茂峰就在二等座順向的窗邊位子坐下，在他的對面座位坐著戴著陸軍少尉軍階，被太陽曬黑了臉的軍官。他手裡握著官發軍刀的姿勢，讓位子顯得擁擠。

火車在預定的時間發車。過了一會兒，對面的少尉就從軍服胸前口袋掏出一包香菸，抽出一根請茂峰。

「不好意思。」

少尉叼起一根香菸，再拿出打火機，先幫茂峰點菸。雖然是內地的煙草，但是在台灣的空氣中吸起來，竟然有點甜味。茂峰大口地吐了一口菸，少尉介紹自己是台灣步兵第二聯隊的金城和夫。他們都是要往台南去的。

金城說自己是在台灣出生長大的，這樣的人被稱為「灣生」。他的爸爸、媽媽都是沖繩人，在台灣有很多沖繩人。台北第二師範學校畢業後，成為台北州廳總務課的職員，擔任台北市內國民學校設施管理的工作。兩年前接到印在紅紙上的徵兵令，在台北的台灣步兵第一聯隊入伍，去年秋天被調到台南的台灣步兵第二聯隊。三十二歲的太太也是灣生，夫妻倆都是故鄉在台灣，祖國是日本的日本人。他們有個五歲的兒子和兩歲的女兒，一家四口和雙親一起住在沖繩人的聚落，在台北後車站的下奎府町（譯註：現為台北市大同區），經營雜貨店生活。

茂峰接下來要去報到的台南，緯度屬於熱帶，所以一整年幾乎都是夏天。台南被稱為台灣的京都，保存著很多具有歷史價值的建築物和史跡；從日本統治初期開始，就被開發成近代化的美麗城市。

金城還說道，在台南的市中心，蓋了一幢全台南唯一五層樓高的林百貨，從那裡的屋頂往市內眺望，一覽無遺。由於視野良好，在屋頂上設有用來防空射擊的重機槍陣地，來對付入侵領空的敵機。金城表示自己是那個陣地的分隊長，跟茂峰約好要帶他過去看看。

茂峰從車窗看出去，就像故鄉的水戶一樣，如詩般的田園和農地景象綿延著。在農業灌溉用水渠裡，看到幾頭在內地不曾見到過的水牛在玩水，小孩子騎在牛背上玩耍。隨著火車經過新竹、台中、嘉義，不斷南下，南洋植物和椰子樹越來越茂密，南國的氛圍也越濃郁。在經過一片深綠色的森林之後，突然變成一大片開闊的平原，磚造的平房也逐漸地多了起來。然後火車就在二號月台進站，抵達台南。金城說要先趕去林百貨頂樓的部隊，兩人就在月台分開。

在下車的第二月台上，豎立著「祝賀出征」的大旗，還有寫著「武運長久」的旗幟跟日本國旗。胸前掛著綵帶出征的台灣人特別志願兵，與前來送行的人群，把月台擠到幾乎無處可站。特別志願兵要先到高雄，再轉搭船向內地出發。

「內地很冷，不要感冒啊！」

「不想被子彈打到，那護身符要一直帶在身上喔。」

「有空就寫信來喲！等你來信。」

雖然是夾雜著日語和台灣話的對話，但這個情景，和在日本出征的送行場面，並沒有什麼不同。同樣是十六、七歲左右帶著稚氣的臉龐，台灣人少年志願兵的姊姊，也聲淚俱下重複地在講一樣的話。媽媽緊握著兒子的手在哭泣。汽笛終於還是響起，高呼「萬歲」的加油聲在月台迴盪。茂峰出發到台灣前的水戶車站月台上，姊姊也交給他從護國神社求來的護身符。那天在月台上要出征的年輕人，也一樣有很多人揮動著小小的日本國旗送行。這在內地或台灣，在哪邊看都一樣，都是與家人別離、令人傷感的情景。茂峰一離開月台，馬上就進到往剪票出口的地下連通道。

在地下連通道的牆上，貼著海報，

「是男兒就要成為猛鷹！來我們的藍天吧，台南航空隊」

「日本男兒，飛向夢想的天空吧！」

「獻身報國的捷徑在天空」

這幾張鼓動年輕人的海報，呼籲台灣青年志願報名當飛行兵。內地的預科練教育制度從去年度起，選拔從台灣及朝鮮出身的一般志願制兵，進入丙種（特）飛行預科進行飛行訓練，從此台灣優秀的飛行兵開始養成。茂峰知道自己早晚有天會跟台灣人的志願飛行兵，一起翱翔在台灣的天空。

三、小隊長——杉浦茂峰

台南海軍航空隊，從一九四二年改稱為第二五一海軍航空隊，不過大家還是習慣叫「台南空」。在為數不多的日本海軍航空隊之中，這裡聚集了屈指可數又實力堅強的菁英飛行員，被譽為最強的戰鬥機部隊。坂井三郎一飛曹、太田敏夫一飛曹、西澤廣義飛曹長，三人人稱「台南空的三隻烏鴉」（台南空三羽烏），他們都是身經百戰的勇猛殺敵擊墜王，是活躍在空戰中的佼佼者。台南海軍航空隊，就是這樣具有光輝傳統的日本海軍航空隊。

台南空距離台南車站六公里遠，面海，被圍在蔗田裡。機場裡艦上轟炸機、艦上攻擊機並列，茂峰所配屬的零戰機隊上有零式艦上戰鬥機三十二型，也有幾架新機種的五十二型，另外還有已經是骨董的二十一型。在滑行跑道上，不同機型的飛機引擎咆嘯著。

茂峰要向台南空分隊長小林善晴大尉，提出調任命令書報到。分隊長正待在他的辦公室裡。

「杉浦茂峰飛曹長，報告！」

「請進。」

茂峰關起門後，就立正不動，將右腕置於胸前，手肘向前抬起，以航空兵式的禮儀向小林大尉敬禮。

小林輕鬆回禮。茂峰從胸前的口袋拿出命令書，兩手恭敬地拿著並朗讀。

「杉浦茂峰飛曹長，依筑波海軍航空隊命令調任至此，現在前來報到！」

再恭敬地用雙手呈上令書。小林看了一眼令書。

「好！」小林回應。

茂峰迅速地敬禮，還是嚴肅、緊張著。

小林曾經在霞之浦航空隊飛行預科練擔任教官。茂峰從小嚮往零戰，所以十四歲高等小學校（譯註：日本舊學制。小學校畢業後升學進入）一畢業後，就到霞之浦海軍航空隊預科練報考入伍。小林就坐後，向立正不動的茂峰問話。

「杉浦飛曹長，你為什麼想當戰鬥機飛行員？」

茂峰說起他在水戶五軒小學校畢業前的事。有天區公所打電話通知，零戰會飛經學校上空，要小學校全體學生手拿著日本小國旗，在學校操場列隊歡迎。時間一到真的有一架零戰飛了過來，機上的飛行員把機艙罩打開，在降低高度時丟了一包不知道什麼東西下來。零戰又急速升高，在上空機身一轉，一個漂亮的迴旋遠去。這時全校小學生都發出「哇」的一陣驚嘆，不禁都興奮地一起揮舞手上的小旗。

小林瞇著眼睛，向窗外眺望映著夕陽餘暉的滑行跑道聽著。然後回頭轉向茂峰，懷念起當年。

「是呀，有這件事。那時候把大概十打的鉛筆，用坐墊包起來綁緊，再從低空丟下去。怎樣，後來有用上那些鉛筆嗎？」

小林朝著茂峰，微笑地問著。

「那次漂亮的飛行是分隊長嗎？因為掉下來的衝擊力，鉛筆的筆芯都斷光了，削了也沒辦法用，但是十分感謝那個心意。」

茂峰的聲音，因為有點緊張而高昂起來。

鉛筆上有燙金的文字，刻印著「來吧！少年。預科練」。茂峰從三之丸尋常高等小學校畢業後，就報考了以高等小學校畢業生為對象的預科練乙種飛行預科，通過重重難關的甄試及格後，才成為練習生。每個練習生都期待從此就可以駕駛零戰，穿著帥氣全白海軍制服在街上到處走。身上軍服的七顆鈕扣，還鑲有象徵帝國海軍榮譽的櫻花與船錨的軍徽。當年大家都希望畢業後趕快成為下士官，這樣就能在遼闊的青空作戰，每個練習生都充滿這樣的夢想。

小林任命茂峰為小隊長，並分派三位十七歲的少年飛行兵給他當部下。

「報告！」

門打開後，三名少年飛行兵列隊進來，整齊橫排成一列。

剃了光頭。

岡村正武二飛曹、青木信輔二飛曹、高平山二飛曹這三人稚氣的臉龐，都

小林點名。被點到名的少年飛行兵就大聲地「有！」一聲回應，再深深地低頭、敬禮。

三人一起低頭敬禮，很有精神地再向前踏出一步站定。

「立正！敬禮！」

到任報告完畢後，茂峰跟三人從分隊長辦公室出來，簡單地介紹了部隊環境，接著回到房間。岡村對茂峰說，營房的窗戶下面有條小溝，因為上游製糖工廠的排水，變得很臭，無法安睡，所以晚上最好不要開窗。到房間放好行李後，三個人就排成一列自我介紹。

岡村是長野縣上水內郡南小川村人，家裡務農跟養蠶。他跟擁有擊落一百五十架以上紀錄，台南航空隊王牌飛行員的西澤廣義飛曹長是同鄉，岡村因崇拜擊墜王西澤而成為飛行兵。滿臉青春痘的青木，出身於千葉縣勝浦漁村，家裡打漁為生，他希望成為航空母艦的水兵。他們兩人都跟茂峰一樣，從預科練習生開始，上過土浦海軍航空隊飛行練習的課程後，現在配屬於台南空。

高平山是台灣人，是台南空唯一的台灣人飛行兵。雖然他也想由土浦航空隊預科練習生進入飛行訓練課程，但就先在本地的台南空進行短期培訓後成為飛行兵，之後再轉訓練學校。高是台灣人原住民高砂族（譯註：原住民族），父母親在台灣中部「蕃地」霧社的秘湯富士溫泉（譯註：現為廬山溫泉），擔任警察招待所的管理員。父親也在那裡負責維持地方治安，兼任著當地派出所巡查補的勤務。

隔天早上，台南空響起了起床號聲，用完早餐，大家整理一下，茂峰就在滑行跑道集合三人。斜射的朝陽光芒，把滑行跑道照映得又紅又亮。

不遠處，鬼里小隊長和茂峰一樣，也在讓四名少年飛行兵整隊。鬼里小隊長的本名雖然是鬼里太郎，但大家都叫他鬼太郎。他歷練了中途島海戰到索羅門群島海戰，經歷多次地獄般的戰鬥，是位頑強不倒的勇者。他情緒起伏很大，心情不好的時候，就會拿起精神注入棒狂揍飛行練習生的屁股，練習生都對他畏懼三分。鬼里駕駛零戰時，會在皮帶的左腹上方插著短刀。那是立下大功的連合艦隊司令長官山本五十六大將所賜的短刀，在白色劍鞘上寫著「義烈」二字。他左手小指在空戰時被打斷，但也有人說其實是讓該擊落卻沒擊落的獵物逃掉，所以他拿短刀自己切掉左手小指，以示懲戒。

茂峰眼前的三位練習生，全員成不動的立正姿勢後，岡村發出號令：

「立正！」

「敬禮！」

茂峰端詳著三位少年飛行兵的臉，精神奕奕地說：

「台南空的任務，是台灣周邊的防空和戒備為主。今天進行台灣南部空域的巡弋。如果遭遇到敵機的話，就要立即採取適當的應對處置，大家注意！」

茂峰一番真切的訓話，讓三人的表情更加緊繃。

「編隊是，岡村二號機、青木三號機、高平山四號機。飛行時要保持隊形，遭遇敵機展開戰鬥時，要以編隊進行戰鬥。大家各自奮鬥吧……以上！」

「敬禮……」

岡村的聲音變小聲了。

三人的飛行時間雖然各有不同，但都才少少的兩百多小時，當然也都還沒有空戰的實戰經驗。如果是台南空出身的超級王牌飛行兵的話，都有六千到八千小時的豐富飛行時間經驗。

三人嘴唇緊閉，表情越來越凝重，身體僵硬，緊繃的神情顯而易見。在這種狀態下飛行相當危險，如果遭遇敵機打空戰的話，他們就是最好的獵物，一定會在槍林彈雨中被打成一團火球墜落。而且在這種緊張狀況下飛行，速度很容易比茂峰慢，就無法進行編隊飛行。稍微出錯，就會害全體喪命。對於飛行兵來說，熱情、興奮、鬥志要從體內湧出，如果沒有這樣的勇氣，便無法自由地在空中翱翔。

「注意！你們看天空，那邊候鳥愜意地列隊在飛。」

所有人往茂峰手指的方向看去。

「飛到空中，你們就要像那些鳥一樣。利用上空的氣流飛行，這樣就會飛得比誰都快。」

岡村三人面面相覷。

「要像那邊的鳥一樣先抓住風，乘風後甩開，這麼一來就哪邊都能飛過去了！」茂峰加強語氣，「我來帶頭。跟上來，絕對不要分心！」

聽到茂峰一番強勢的講話，岡村率直地點頭反應。青木打開雙腳用力站住，高平山則是握緊雙拳。

「是！」

三人認真地回答讓表情一變，緊張瞬間變成亢奮。

「要飛了……上！」

互相敬禮後，就奔向各自被指定的零戰。首先茂峰的零戰從飛行跑道起飛升空，擋風玻璃上看到的景色，從地平線變成天空。茂峰急速上升，在飛行跑道上空盤旋繞了一圈。二號機、三號機、四號機一一順利地升空，往茂峰那裡集合，四架飛機成基本編隊的隊形，最後整個編隊合為一體。鬼里的編隊也緊跟在後。九架飛機一絲不亂地編隊飛行，整齊漂亮地在天空中翱翔。

台南空的零戰，很多是從戰地回來的中古機。無線電機雖然有裝，但都故障無法使用，大家用約定好的手勢來傳達指令。

「出發！」

茂峰從左右的擋風玻璃，可以清楚地看到三人的表情，大家都很認真嚴肅。三人向茂峰露出笑容，微微地敬了一下禮。茂峰則稍稍地答禮。全體編隊爬升到兩千公尺，朝海的方向飛去。

九架零戰在台南的天空飛翔。照映著早晨低角度的陽光，旋轉運作中的飛機螺旋槳，綻放出紅色光芒。在四月天的溫柔朝陽中，零戰漸漸融入台南海域上空。眼下是一望無際的廣闊大海，爽朗的引擎聲浪，陣陣振動傳導到操縱桿上。在心情舒暢襲來的瞬間，漸漸地感受到與零戰合而為一。海面的波濤反射著朝陽的光輝，閃閃發亮，煞是好看。九機的編隊由台南海域上空南下，一機不亂，比候鳥還整齊地並列飛翔在空中。

「就這樣子，別慢下來！」

茂峰注意有沒有敵機來襲，不斷地監視四周。要在被敵機發現之前發現對方，盡早發現敵機，是進行空戰的基本條件。飛機左下方可以看到高雄港。高度稍微降下，台灣最重要的高雄港，延續到內港的狹窄航道是由人工建造。港口的重要戰略位置，是高雄要塞司令部重砲兵聯隊，這座堅固的要塞守衛著海港。岸邊停泊著客船和商船，每艘船的船身都能看見被美軍攻擊後留下的巨大彈孔。

航道盡頭停泊的驅逐艦和潛水艇上，飄揚著帝國海軍軍旗，身著白色制服的水兵正在甲板上清掃。好幾個人看到零戰，大力地揮起水兵帽打招呼。

高雄的市街漸漸往後方遠去，接著會看到一座小小的島嶼，經過這座小島後，飛行航道就從海上轉向陸地。這時可以看到東港漁港，那裡有很多漁船聚集。

鬼里小隊的五架飛機在此脫離編隊，往左迴旋轉向台東空域。鬼里小隊接下來的路線是出太平洋後，在火燒島（綠島）的上空盤旋，再往台南空方向折返。

杉浦小隊改換成四機的編隊飛行。

眼前有幾個小山丘，綿延到遠方。小小山丘漸漸集合成山，高高隆起，從上空瞭望台灣真的很美。海有青色跟翠綠色兩色，山上如同用畫筆著色，有不同顏色的花朵點綴。台灣的大地是這樣生動浪漫。無數的小雲朵連起，又被撥開飛散。雲層碰撞到零戰的機體後，無聲地撕裂往後方飄去。

岡村、青木、高平山的飛行節奏有點紊亂。看到眼前的絕美景色，連緊張也緩和下來，甚至用鼻子哼起歌，沉浸在舒暢感中。茂峰將自己的零戰機翼上下擺動，提醒著要注意。三架少年飛行兵的飛機，也同樣將機翼上下搖擺，表示回應。這時，茂峰突然往右急橫轉。三架飛機雖然稍微遲疑，但也跟著往右急橫轉，拚命地在後面追趕，深怕慢了跟不上。機翼兩端邊緣牽引起雲層，劃出細長線條的白雲向後方流去。猛然加速並加上重力，壓抑著少年兵們的軀體。從擋風玻璃的間隙，傳來風切金屬的聲音。這時有特別的暢快感。

「大家，跟上！」

茂峰輕輕地微笑，喃喃低語著。恢復到水平飛行，再往前飛就又出了海岸。

湧上來的波浪拍打整片海岸，化出白色飛沫，變成一條長長的白線，描繪出整個半島邊緣的輪廓。終於要到台灣的最尾端。

看到立於斷崖絕壁的鵝鑾鼻燈塔，是照耀著巴士海峽的純白色燈塔，這裡是大日本帝國領土的最南端。再過去就是廣闊的巴士海峽，海的顏色又黑又深，一直延續到菲律賓。巴士海峽是魔樣的海峽，被人稱為船隻的墳場，因為敵方潛水艇攻擊造成十萬人以上犧牲的悲傷海峽。茂峰開始降下飛行高度，偵查近海潛艦。貼近海面飛行的四架零戰，被正上方的陽光照射，長長的飛機影子映在海面，在其上順暢地滑行。長時間的低空飛行，會讓上空的敵機看到機背，形成完全無法回擊的無防備狀態。四架飛機再度攀升，接下來往台南空的回程都是在陸地上空飛行。在警戒著四周的同時，轉換成高空偵查戒備。

沒飛多久，就會經過屏東機場。在屏東車站附近，可以看見被規劃建立並排著百戶左右的軍人宿舍。在這前方就是日本第一高山——靈峰・新高山（譯註：玉山），新高山的山頂突出於雲上。山頂附近有白色積雪，那應該是越冬後的殘雪吧。山麓染著深綠色，阿里山上豐富的原木群綿延到深處。

接下來可以看到大量儲水的烏山頭水庫，這是一九三〇年台灣總督府土木工程技師八田與一所完成。從這個全日本最大的水庫延伸出的農業灌溉用水道，形成嘉南大圳，往整片的嘉南平原全域，擴散出細細的網狀渠道，被太陽照射成無數光的線條。引水灌溉的水田，開始插秧了。再來就會看到嘉義的街景，在嘉義車站前的噴水池，噴出映成白色的泉水。接著就要準備往台南空的滑行跑道下降。不久這四架飛機就飛過台南車站上空，回到所屬的台南機場。

四、台南的明珠——林百貨

時序進入五月，台灣步兵第二聯隊金城分隊長前來聯絡。林百貨屋頂上的防空重機槍陣地，需要進行整備和訓練，他來邀請茂峰去參觀。這附近被稱為「台南銀座」，是非常熱鬧的區域。

林百貨在一九三二年由日本人實業家林方一先生所創立，是有五層樓的高層建築。以圓窗為特徵，裝有台南唯一一部稱為「流籠」的電梯。一樓是酒和化妝品，食品和內地特產及甜點的賣場。二樓販售女裝跟女鞋、包包和女性雜貨、兒童用品及寢具。三樓備有和服、男裝和皮鞋、男性雜貨、珠寶飾品、鐘錶。四樓則有家具、居家雜貨、書、玩具、文具，在五樓的瞭望台上，則有百貨自豪的餐廳。在瞭望台的入口，更設有罕見的電動搖搖馬，很受小朋友的歡迎。

集合了豐富的品項，價格又很親民，所以成了很受歡迎的大型綜合百貨公司。包含店員在內，員工人數在一百五十人左右，開業時以日本人職員居多，但是漸漸地日本人男性受召出征，現在變成台灣人職員比較多。從屋頂上幾乎可以眺望整個台南市，在那裡設置的防空重機槍陣地，是監看全台南市街及上空最適宜的地方。金城覺得若身為飛行兵，這裡是可以模擬和美國軍機空戰的最佳場所。

「這裡有裝電梯，穿制服的電梯小姐還幫客人服務。是非常漂亮的美人啊……」

金城意有所指，笑笑地說著。茂峰排在金城及其五人部下的後面，排隊進到店裡。一樓有躍躍欲試想要搭搭看電梯的客人，正排著隊準備搭乘。金城和部下不想排隊，就從電梯旁的樓梯，一口氣直衝上去。茂峰跟在後面，正打算要往樓梯間踏出一步時瞬間停住，瞪著電梯小姐不放。茂峰身體趨前，就這樣一直看著，大聲喊著「恭子姊！」。他跨入樓梯間的腳退了回來，轉向電梯小姐大步靠近。

電梯小姐轉身朝向茂峰。

「請問要到哪一層樓呢？」

對方以日本式的接客方式回應，親切微笑地注視著茂峰。茂峰就這樣與電梯小姐對看，身高比自己稍微矮一點，從臉頰到下巴的輪廓，大而清澈的眼睛，有點薄而顯得略略冷淡的嘴唇。柔和的鼻樑，白色肌膚和纖細的手腳。實在跟水戶的姊姊很像。茂峰又向前跨了一大步，這次他從頭到尾地，仔細地緩緩上下打量電梯小姐。

「請問想要買什麼商品？」

真的是姊姊的聲音。連講話的口氣也一樣，茂峰激動起來。

「請問怎麼了嗎？」

電梯小姐驚訝地詢問，神色也從笑容變成困惑。

「果然是恭子姊啊！你怎麼在這裡？」

和恭子姊自從在水戶車站分開，已經三個月沒見面。現在面對的這位小姐，雖然把帽子戴得很低，幾乎藏起一半的臉，但是沒錯，她就是姊姊恭子。茂峰是這樣想的。

「姊姊，是我，茂峰。」

茂峰直接說了，一邊笑一邊高興地又靠近了兩步。不過這時電梯小姐的笑容完全消失，吃驚到說不出話來，還倒退了一步。

茂峰再度拉近距離，又往前一步。電梯前氣氛突然緊張起來，瞬間凝結，一片靜寂。

電梯小姐往後又退一步，背都貼到牆上，已經無處可退。

茂峰笑嘻嘻地，又往前一步地把身體向前傾。

電梯小姐因為害怕而伸直左手，想要阻止茂峰接近，她的表情非常緊張。

茂峰順著對方的手臂往前看，清楚看到掛在左胸前的名牌，上面寫著「和田京子」。

茂峰頓時一頭霧水，又默默地念著名牌上的名字好幾次，踉蹌地退到樓梯間。接著喃喃自語地念著「和田京子」這幾個字，又說「不對、不對」，隨後掉頭若有所思，低頭一口氣衝向樓梯，上樓離開。

京子呆站在原地，驚訝地看著茂峰一溜煙地爬上樓的背影。

隔週的休假，茂峰又前往林百貨。茂峰現在知道電梯小姐的名字是和田京子，也知道在水戶的恭子姊姊不可能會來台南。茂峰一方面想面對和田京子，直接就認錯人這件事跟她道歉；另一方面也希望能再見到她，感受到姊姊恭子就在身邊。茂峰的心情複雜又混亂。

在規定限乘十二人的密室裡，電梯小姐跟各種客人接觸，有時也會因被客人騷擾而困擾。茂峰從早上開始搭著京子操作的電梯，來來回回、上上下下好幾次；他雖然想要坦率地認錯，但就是說不出口。

茂峰在電梯裡沉默不語，只是默默地盯著京子。京子覺得茂峰實在可疑，就跟上司李康夫課長報告。收到京子報告有人騷擾的李課長，招呼著又在一樓電梯前面排隊的茂峰，引導他到三樓的會客室。地方不是很大，兩人面對面地在會客室的沙發上坐下。

「請問本公司的小姐，有什麼失禮的地方嗎？」

茂峰回答了李課長直接的問話。茂峰說電梯小姐和田京子，跟住在家鄉水戶的姊姊長得一模一樣，雖然名字的漢字不同，但是連讀音也一樣。茂峰從胸前的制服口袋，拿出姊姊的照片遞給李課長。李課長半信半疑地拿了照片，就像被照片吸住似的，一直盯著看。這時，時間彷彿定格，李課長緩緩地將視線移到茂峰的臉上。

「這是，我們公司的京子……」

「不，這是我姊姊的照片！」茂峰口氣強硬地回答。

李課長輕搖了好幾次頭，又專注地看回照片，接著重重地點頭，將照片還給茂峰。

「原來如此。我從小就認識京子，連我都會搞錯。」

李課長邊點頭認同邊說道，電梯小姐和田京子，是改了日本名的台灣人。她本名是蔡靜美，今年二十二歲。在林百貨不遠的末廣國民學校附近，跟父親兩人一起生活。

林百貨的電梯小姐有很多愛慕者，不分男女。有時會有比較過頭的舉動，覺得害怕的電梯小姐，都會向李課長求助。京子覺得茂峰的行徑跟那些騷擾者一樣，就哭著來找李課長拜託他幫忙。

「對您失禮了，真是抱歉。我會對京子詳細說明，並且請她下次注意。」說完，李課長起身，深深一鞠躬。

「其實失禮的是我，請不要責怪京子小姐。」

緊繃的對峙、緊張情緒舒緩下來，茂峰把照片放回胸前口袋，迅速站起來端正姿勢，點頭行禮後走出會客室。

茂峰站在林百貨的屋頂。這裡沒有其他人，他忽然往可能是水戶的方向，深吸了一口氣叫出姊姊的名字。和緩的風吹來，聲音在風中消掩，茂峰只覺得寂寞蔓延全身。

五、一視同仁——同化政策

從這件事發生之後，茂峰就沒再去過林百貨。他是很想去，但卻不好意思。就在這時，有天下午茂峰被金城叫去林百貨，預計要模擬美國空軍入侵路徑的訓練，兩人在林百貨的末廣路入口碰面。茂峰覺得見到京子會尷尬，不知不覺間踏入店內的腳步沉重起來。樓梯旁的電梯還在運行中，一樓沒有京子的身影；茂峰最先進到店裡，像逃走般從樓梯一口氣衝到屋頂。金城和五名部下後來才跟上，陸續抵達屋頂；這時的頂樓，可以聽見所有人氣喘吁吁的呼吸聲。

「杉浦不過是在預科練鍛鍊過而已啊，我們真是跑太慢了。」

金城懊惱地邊喘氣，邊上氣不接下氣地說著。部下們也都在大口深呼吸，調整呼吸、擦汗。

平時重機槍放在頂樓的彈藥庫裡，和一萬發的彈藥一起存放。重機槍含三腳的槍架，重達六十公斤；這種重量的重機槍，屋頂的樓板其實無法承受。所以每次都要五個人一起把重機槍從彈藥庫搬出來，根據敵機的入侵方向，盡早在屋頂上架設好陣地。實戰射擊時是對著侵入的敵機開火，會先射出狀似拉出光線的曳光彈，引導其他實彈擊中目標。現在並非實戰，而是針對不知道何時會來襲的敵機，企望能迅速應對的操練。金城他們每天都這樣努力演訓著。

為美國軍機來襲所做的預先演習，是想定敵機方向先從太平洋方面進入台東區域，再繞遠路飛過標高極高的阿里山山脈，往左迂迴侵入。路線是從南方的屏東繞回來，經過高雄沿海岸線飛到台南。從台東的監視崗哨打電話通報有美國軍機飛進開始，設定到台南這裡約有三十至四十分鐘的時間。在這期間要從彈藥庫搬出重機槍架好，槍口瞄準入侵航道，等著敵機。要能在短時間內迅速、流暢地準備好防禦態勢，是日常訓練的重點。這天也在金城的指揮下，數次操練同樣的完整流程。訓練完，最後的整理結束後，部下們都在五樓的陰涼處休息，圍在兒童電動搖搖馬嬉鬧著。

剩茂峰跟金城兩人在頂樓，金城靠著牆壁抽菸。台南的緯度屬於熱帶，六月就已進入夏天，不過訓練後的頂樓，卻吹起舒暢的涼風。在彈藥庫屋頂的最頂端，日本國旗和林百貨社旗在青空中飄揚，舒爽的風讓旗子悠悠地搖曳著。

金城看著眼下開闊的市街說道：「杉浦君，這裡的風景很棒吧。你看斜前方那間神殿風格的建築，那是日本勸業銀行台南分行。花崗岩的石柱並列，還能看到石柱上方雕刻的惠比壽神的臉。」

金城抽著菸繼續說，「日本對台灣的統治，跟歐美列強的殖民地經營從根本上不同。他們的殖民地經營，是在愚民化政策之下，單方面進行壓榨，完全沒想過提升殖民地的國民素質跟教育這些事。

但是我們日本的台灣統治，在同化政策之下，台灣與內地採用同樣的教育體系，這一定會提高國民素質，並且努力改革各種制度。是日本開發了台灣，使台灣進入近代化的。」

金城望著對面的銀行，用有點興奮的口氣說著。茂峰到台灣報到才兩個月，大部分時間都是在台南空的軍營裡生活，很少這樣外出。

他在此之前從來沒聽過愚民政策或同化政策，根本不瞭解那是什麼。茂峰只是因為嚮往零戰，志願報名預科練的，在那裡全年無休，每天都只有擊落敵機的嚴格訓練而已，其他什麼都沒有。

茂峰本身，幾乎是不瞭解台灣的。內地的鐵道火車站裡沒有台灣的觀光宣傳品；日本郵輪國外航線的旅遊指南裡，也沒有一張台灣的照片，所以無法獲得相關資訊。茂峰在內地所得到的台灣相關資訊，大概就是台灣的毒蛇和毒蚊很多，有因為蚊子而造成的瘧疾和登革熱，還有老鼠媒介的傷寒等疾病蔓延，台灣的高溫會造成中暑、痢疾，也很容易食物中毒。他在海軍水交社機關報《水交社新聞》裡，看過在台南製糖公司工作的日本人職員頭戴防護帽、身穿短褲的照片。這讓茂峰有台灣是熱帶的偏僻地方，是未開發叢林地帶的刻板印象。

但事實上，台南有架設電梯的百貨公司，館內廣播是講日本語，店裡播放的音樂是日本最新的流行歌曲。在百貨公司入口就能聽到的音樂，是去年上映由李香蘭主演，大受歡迎的《莎韻之鐘》，電影是說派駐在台北州蘇澳郡蕃社的日本警察，在惡劣天氣中下山報到，準備遠赴戰場；背負行李幫忙警察的十七歲少女，掉進暴漲的河水中，因而失去性命的故事。茂峰記得去年在笠間電影院看過。

在台南市區，也能看到很多水泥建築。在戰時的內地，女性多半穿著樸素的上衣，再搭配農村勞動褲（もんぺ），外出時還常見男女都穿和服。在台灣大家都穿著西裝、洋裝，所以對茂峰來說日本人跟台灣人看起來都一樣。到底誰是日本人？誰是台灣人？根本分不清楚。茂峰能分辨的，大概是「戴著帽子的是日本人，戴著香蕉莖編成的斗笠是台灣人吧？」這種程度。台南是近代化的都市，茂峰還曾把台南想像成偏僻的異鄉，現在這個想法已被顛覆。

金城被徵召之前是台北州廳總務課的職員，對台灣的兒童教育相關事務很熟悉。他手上挾的香菸，只剩不到一口，所以他又拿出一根，再一大口地吸了起來。

「杉浦，我跟你說，在台灣有一千一百零九所國民學校，入學兒童人數有九十三萬二千四百七十五人。這是我自己三年前在台北州廳總務課裡，還在負責國民學校相關設備的統計資料。因為是我親手做的資料，忘也忘不了。日本人跟台灣人排排坐，一起打開跟內地一樣的課本念書，結果就是台灣的入學率提高到百分之九十二。」

金城講這話時不像軍人，好像又回到他是台北州廳公務員的時光；他不想忘掉過去的自己，那些數字彷彿是講給自己聽似的。

「印菸還剩一半，金城又大口地吸了一口後，恢復興奮的表情繼續說道，尼經過荷蘭四百年的殖民，入學率只有百分之三。現在台北的國民學校，陸續改建成下水道設施完善的鋼筋混凝土建築。台南這裡也一樣，開始進行改建工程。這比日本第一的東京市，還要早建設。台灣也因為這樣，改善了衛生狀況，所以傳染病一掃而空。所有人不論身分，都能平等地接受教育，再貧窮的家庭也都有獎學金，鼓勵就學。」

金城看著茂峰的臉，為了表現自己堅定的決心，洪聲而沉穩地說：「台灣經濟能夠這樣成長的秘訣是，有建設完整的產業基礎和教育。台灣的近代化，遙遙領先內地的各城市呀。」

金城吸進殘存的香菸，吐出白色的霧氣，帶著興奮、熱情的面容，又回到他過去擔任公務員時的溫暖表情。

聽到金城一番熱情的發言，茂峰雖然不懂，但拚命地想理解。只是茂峰十四歲就進入預科練，完成飛行訓練，當上嚮往的飛行兵。他跟金城走過的人生完全不同。現在茂峰麾下有三名少年飛行兵，他們全都是十七歲，茂峰只想著不要讓他們就這樣陣亡。他要跟他們一起面對敵機作戰，因為那才是飛行兵真正該走的路。他的世界裡一直都是這樣教育著，他也這樣教育部下。

話剛說完，突然天氣大變，開始下起雨來。這星期每天過了中午就下起激烈的陣雨，因為已經整理完畢，他們很快就從屋頂下到五樓，金城跟部下們從樓梯跑下去，樓梯間響起軍靴的腳步聲。茂峰則按下電梯的向下按鈕，不知為何，他感覺會遇見京子。

在電梯上面的牆壁上，嵌著半圓型時針狀的樓層指示，可以看到電梯正從一樓往上，接著聽見電梯到達的聲響。電梯門上有三面玻璃，隱約能看到車廂裡的電梯小姐。電梯門一打開後，車廂爆滿的客人魚貫而出。最後，就看到戴著淺藍色帽子，穿著制服的和田京子站在那兒。

茂峰顯得有點困惑地呆站了一會兒，飛竄進車廂，背緊靠著車廂牆壁。

「現在電梯往下。」

茂峰因為京子高昂的聲音而緊張。

「要到一樓嗎？」京子再次確認。

「是。」茂峰也提高聲音。

電梯關門後，京子把升降操縱桿往左扳下，操作電梯下降。

現在變成兩人獨處了。茂峰想要動作的時候，京子開口說話。

「上次真是抱歉。我對長官您有所誤會。」京子看著茂峰的臉說。

「不，我才是很抱歉。」

「我聽上司李課長說，您有給他看您姊姊的照片，真的像到讓他很吃驚。」

京子有點吞吞吐吐，不知如何啟齒。

「那……您可以讓我看看您姊姊的照片嗎……」

雖然對突如其來的要求吃了一驚，茂峰還是從胸前的口袋拿出姊姊的照片交給京子；京子接了過來，臉貼近照片直盯著。

「真的好像，這就我啊。」

京子聽李課長說，照片上的女生叫做恭子，跟京子同年，也是二十二歲。

「真的很不好意思。如果我爸爸看到這張照片，他一定也會很吃驚吧。您可以借我這張相片嗎？」

京子並不怕生，有點任性又強勢，約定好下次歸還的時間後，茂峰就把照片交給她。

「我一定會還您。」

京子把照片放進制服的胸前口袋，看著茂峰嫣然微笑。劍拔弩張的緊張氣氛頓時消失，茂峰露出沒有意義的傻笑。

電梯響起到達一樓的清脆鈴聲。

「啊，到了耶。」

京子有點惋惜地脫口而出，她把升降操縱桿輕輕扳回到中間後，電梯在一樓停下，車廂停住時跟一樓層板間完全沒有高低落差。電梯門打開之後，金城就站在那邊。

「這邊的電梯全日本最慢！」金城對京子開玩笑地丟下這話，就跟茂峰坐上軍用卡車，離開被傾盆大雨籠罩的林百貨。

六、歌聲——末廣國民學校

在台南空，幾乎所有的少年飛行兵，身上都帶著一張對他們來說極為重要的照片。可能是受歡迎的女明星或是歌手，一張微笑的美女照片，對少年飛行兵們來說，會感覺到照片上的美女，正微笑著為他們「祈求武運長存」。這些用來提高戰鬥意志跟士氣的照片，是由軍方特許讓專門的業者製造販賣。連異性的手都沒摸過的少年飛行兵，每天望著照片上的美女，在心裡談著淡淡的戀情。這群直面死亡的少年飛行兵，和只能見到照片的美女之間，萌生現實中並不存在的純純之愛。他們把照片收藏在飛行服胸前口袋，在激烈的空戰中被擊中時，心中嚮往、愛戀的美女笑容便浮現在眼前，一起消失在天際。

茂峰則是一直把姊姊的照片放在軍服胸前口袋。那是姊姊在二十歲成人式時，於水戶護國神社拍的紀念照片；當他看不見放在胸前口袋的姊姊照片，就會感到寂寞。他把照片交給京子一週後，前往林百貨找尋京子撲了空；在一樓的電梯前，同為電梯小姐的京子同事叫住茂峰。

「京子今天因為她弟弟久違地返家，所以請假在家。」

同事說京子有交代，如果是茂峰來找的話，希望讓他到家裡去拿照片；接著便把京子手繪到她家的簡略地圖，交給茂峰。照這張圖來看，到京子家應該不遠。

當茂峰把姊姊的相片放在胸前口袋，就像姊姊什麼都看得到，所以如果做了什麼不對的事情，就覺得好像會被姊姊罵「不要臉！」似的。在感到辛苦或是煩惱時，茂峰就會拿出照片跟姊姊說說話，總能神奇地恢復精神。茂峰已經一星期沒看到照片了，當然會心神不寧；今天無論如何都想拿回照片，就看著地圖趕緊前往京子家。

從林百貨左轉，稍微往前走些，看到那裡並排著日式的台南州廳職員木造宿舍。經過被大王椰子圍繞著的台南神社，路過有座高塔的台南地方法院之後，接著的十字路口左手邊，就可以看到末廣國民學校。京子的家要再往裡頭一些，她家是木造長屋，門牌上寫著「和田順德」。從微開的門扉傳來京子的聲音，茂峰把門再打開些，打了聲招呼後，京子就溫柔地笑著順勢把門全開，她穿著樸素的白色襯衫搭配白裙。

「歡迎、歡迎，您沒有迷路吧？」

茂峰本來想拿回照片就馬上回去，卻被京子的爸爸拉著手邀請進到屋內。京子爸爸是在台灣總督府鐵道部台南車站工作的鐵路員工，名字是順德。每天騎腳踏車去車站上班，明年就要退休了。貌似剛好夜班下班才回到家。

「京子給我看了你內地姊姊的照片，我看了好幾次，實在太像了，我都嚇了一跳。」

連京子的爸爸都很吃驚，果然京子跟水戶的姊姊長得很像。

這天，比京子小兩歲的弟弟學亮，時隔半年返家。他跟茂峰一樣二十歲。台灣不只有帝國大學，還有連北海道都還沒開設的，四年制的工業、商業、農林等各種專門的高等學校（譯註：專科院校，相當於今日的大專資格）。學亮從台南高等工業學校畢業（譯註：現為國立成功大學），改了和田亮二的日本姓名，進入製糖公司，現在是在帝國鹽水港製糖株式會社的糖業載客鐵道新營車站工作。新營車站有青色的屋頂瓦片，黃色的牆壁，是很摩登的車站建築。學亮就住在跟車站大樓連在一起的職工宿舍裡，他比京子高，體格又好，在內地部隊徵兵檢驗一定是甲等，是會被召集入伍的年紀。

鹽水港製糖株式會社，是製造販賣砂糖的日本製糖公司，工廠建在遼闊的甘蔗田中。從工廠延伸出來的鐵道，就是連結新營站跟鹽水港布袋站的鹽水線，從賣票到貨物管理，通通都是學亮的業務。

京子開朗地笑著說出學亮大致的工作情況，弟弟學亮反而被姊姊的氣勢壓了下來，顯得呆愣愣地。玄關微開的門吹來初夏的風，又從敞開的窗戶拂去；迎面吹向京子的風，那清爽讓她安靜下來。

學亮貌似想起什麼，就問了茂峰關於預科練的「精神注入棒」的事。

「杉浦先生，有被棒子揍過屁股嗎？」

「那是海軍的傳統和精神啊。那個就算只被打了一棒，也會因為力道很大，整個人受到強烈的刺激而倒下。還有些練習生倒地不起，也聽說有人被連續打了十棒。」

「被連續打了十下，到底會怎樣呢？」

學亮覺得很有趣，就趨前繼續追問。

「有個練習生被打一下，屁股就腫起來，連椅子都沒辦法坐，第二天屁股皮膚就黑掉了。他一個星期都沒有恢復意識，後來好像就回故鄉去了。」

有突破難關的預科練習生，但也有因為訓練中不小心或事故死亡的練習生。

「最近台灣希望成為志願兵的年輕人變多，我的工作跟部隊沒關係，就是做砂糖。附近就是開闊的甘蔗田，根本沒人經過，只有風吹過而已，大概不會有美國軍機來攻擊吧！我自己是希望將來能夠到內地工作。」學亮一派輕鬆地回應。

遠眺窗外的順德，聽到這番話就感到安心，接連點了好幾次頭。

「大東亞戰爭開戰前，我們台南高等工業學校的畢業旅行去了京都，旅費是姊姊用她存下來的錢幫我付的。」

「我只有從天空上看過。」茂峰坦白。

「我們從基隆港搭大阪商船的高砂丸號出發，第五天早上抵達神戶港。再從那裡搭火車到大阪和京都觀光。內地真是美，人也都很親切。所以那時起，就打算到內地的公司去工作。」

「你去的時間很好。去年十月，富士丸號在奄美大島海域被美軍潛艇的魚雷擊沉。大和丸號也在九月，在東海被兩枚魚雷擊沉了。現在台灣與內地的往來交通很危險，畢業旅行應該都取消了吧。」茂峰回應著。

台南空的少年飛行兵們，因為經常模擬與敵機進行空戰，所以他們的軍旅生活中，一直有著瀕臨「死亡」的緊張感。不過，跟他們同齡的台灣青年，卻是對未來抱著確切希望，奮力地活著。茂峰因為學亮，感受到生命意義不是只有光榮戰死，學亮坦率地努力生活，讓茂峰感受到另一種鮮活的生命力。

京子還有一個大六歲的大哥義夫。義夫從台北師範學校畢業後，就在台北市龍山寺附近的龍山國民學校當級任老師。順德是鐵路員工，每個月領不到三十圓的薪水，對五口之家來說實在不夠用，成績優秀的義夫就是有總督府就學獎學金的制度，才能從台北師範學校畢業。

雖然說改成日本姓氏是依照台灣人的意願，但義夫是被日本人校長強迫改名成和田義夫。從師範學校畢業的台灣人老師很多，跟這些同儕接觸後，他漸漸受到穩健派教育改革運動的影響。京子的媽媽五年前病死後，只剩京子與爸爸兩人在老家一起生活。

戰時的內地糧食是配給制，台灣因總督府的農業政策和適合農作的氣候，同樣是稻田在此一年可二收，有些地方甚至可以三收，因而成為米糧的寶庫。不過那些米都被送到部隊或內地，台灣人反而很難吃到。

在台灣，平常就講日本話的台灣人家庭稱為「國語常用家庭」，是皇民家庭生活的模範。改成日本姓氏後，台南州廳有通過國語家庭審查員認定的認證許可制度，如果被認證是國語常用家庭的話，會在玄關門口掛上「國語常用家庭」的標誌，米的配給會有比較好的待遇，變得跟日本人一樣。審查很難通過，但是通過的話，生活會變得比較好過。京子全家都改了日本姓名，平日生活也都講日本話，但是他們家還沒有獲得認證。

京子推薦茂峰吃吃看煮過的台灣番薯。番薯很甜，吃起來特別有幸福的味道，真是神奇呀。就這樣，在京子家待了約三十分鐘，也拿回姊姊的照片。

京子牽著腳踏車，帶著茂峰往台南車站走去，兩個人慢慢地走著。台南車站對面是台灣步兵第二聯隊，那裡有開往台南機場的軍用巴士。

從京子家出來，馬上就能看到末廣國民學校的校園。以前在台灣，內地人進小學校，台灣人則是進公學校；但是從一九四一年三月起，執行了《國民學校令》後，不論「小學校」或是「公學校」，現在都改稱「國民學校」，台灣學生也念日本語的教科書。這裡的校舍被橡膠樹和苦楝樹的植栽圍著，在開闊校園的角落，還有棵茂盛得像把大傘的榕樹。在樹蔭下的中央擺了一台風琴，有約六十名小學生，正圍坐著風琴在唱歌，彈風琴伴奏的是一位女老師。

京子停下腳踏車，隨著伴奏，跟小朋友們一起唱著。

「頭出雲之上，俯瞰四方之山，聞雷聲於下，富士乃日本第一高山♪」

茂峰小時候也在五軒小學校唱過這首歌，至今都還記得這是文部省音樂課本裡的〈富士山〉，他跟著小聲地唱和起來。注意到京子的女老師，大聲地跟京子打招呼：

「京子，好久不見呀，你好嗎？」

「歌子老師，我很好啊——」

京子手一揮，所有小學生都站了起來對京子揮手。有小朋友天真無邪地出聲、蹦蹦跳跳的，也有小朋友在嬉戲玩鬧，雙手還大大地揮舞。有兩、三個人跑近了，揮揮手又跑回去。

這裡是熱帶。這是在光與熱中長大，充滿活力的孩子們。

「歌子老師，是我的級任老師喔。」

日本第一高的山，是位在台灣新的高山，就是由明治天皇命名的「新高山」，這在教科書上有寫。至於日本第一美的山，就是富士山。這場戰爭結束後，如果可以自由地到內地觀光旅行，這裡的小學生也能看到日本第一美的富士山，應該也會被那種美所感動吧。

京子一邊推著腳踏車，開朗地笑著說：

「我有練習劍道喔，林百貨的李課長就是我的劍道老師。」

「李課長是劍道老師？」

「李課長啊，他以前在台北市，是榮町三丁目菊元百貨的販賣課課長，因為很能幹，在十年前被林百貨挖角到台南來的。」

京子畢業之後的國民學校裡，男生學柔道或劍道，女生一律學習薙刀（譯註：又稱長刀，外型類似中國的眉尖刀）。國民學校的男老師，腳都纏著綁腿，女老師穿著褲裝。在校園裡彈著風琴的音樂老師王歌子，同時也是末廣國民學校的薙刀老師。京子向來稱呼她歌子老師，歌子老師跟京子在林百貨的上司，劍道老師李課長是夫妻。

京子升到高等公學校以後，就跟哥哥義夫一起練習劍道。如今，末廣國民學校已經暫停訓練劍道和薙刀，聽說之後男女都要改練習竹槍。要開始由軍人當指導教官，就是全神貫注再一股勁地往前衝，練習突刺而已。京子在高等公學校畢業後，在劍道老師李課長的推薦下，進入了很難錄取的林百貨工作。

「我在上個月的劍道升段審查會，初段合格了。」

劍道的升段審查是一對一的模擬賽，但不是看勝負，而是以對戰方式來判斷。

「我的對手是林百貨對面的銀行員，我往他的面打下去，一擊就馬上確定晉級。公布升段合格的李課長，對我說，『那個面打得好，別忘了。恭喜合格，晉級初段。』對手初段雖然沒過，但卻非常高興的樣子，他應該對我有意思。」

京子講完後，對茂峰一笑。聽京子說，那位銀行員是她在末廣國民學校的同班同學，現在在對面銀行一樓窗口當業務。從銀行那裡隔著末廣路，可以看到站在電梯前的京子。有次京子回頭注意到他，同班的銀行員就興奮地猛力揮手打招呼。

「他不是我喜歡的類型，我不喜歡那麼豬哥的。」京子俏皮地說著。

這裡雖然是台南，可是跟京子說話，就如同在跟水戶的姊姊說話一樣開心。京子也好像跟弟弟在一起一樣，親切地跟茂峰講話。京子果然就像水戶的姊姊，茂峰覺得跟京子在一起，軍中的那些緊張都消除了，心情也安定下來。茂峰不知不覺看著京子，嘴角浮起笑容。

「這邊是武德殿，我在這裡練劍道。」

台南武德殿是一棟像內地城樓的建築，堂皇威武。是軍人跟警官訓練劍道、柔道、薙刀、槍劍道、古武術的場所，他們每天來這裡精進武術，一部分也開放給民間使用。

「現在變成出征的台灣人志願兵臨時住宿的地方，所以劍道的訓練都暫停了。」兩人在武德殿前，京子有點悵然有所失地說著。

「劍道的李課長，跟薙刀的歌子老師就是在這裡邂逅的。」

京子用力地揮出右手，打個響指，「啪」地彈指聲在場中響起。偌大的聲響將兩人溫柔地籠罩，武德殿入口的看板上寫著「大日本武德會」；正門旁有一尊二宮尊德背柴刻苦讀書的銅像，這些都跟內地一樣。

「你看，這邊有個地藏菩薩。」

就在離武德殿入口幾步的地方，有尊到茂峰膝蓋左右的地藏菩薩。祂披著紅色的前掛戴著帽子，守護著來練武的孩子們健康活潑成長。京子對地藏菩薩行禮後，又推起腳踏車。

「那個地藏菩薩，從我小時候就在那裡了。」

茂峰心情愉悅，感覺就像在水戶。今天的京子一直笑著，跟她是電梯小姐想要受到大家歡迎的笑容，完全不一樣，是那種發自內心的笑。

經過台南警察署，就會看到紅磚瓦造的台南州廳。建築左右對稱，小小的窗戶規律地排列。州廳建築中央沒有像台灣總督府那樣的高塔，但看起來還是很有威嚴。人行道跟車道和台南州廳平行，隨著人行道和車道的延伸，可以看到更多人潮，在這裡戴著帽子的男性居多，應該都是日本人吧！

走到州廳入口處，兩人對立在大理石座台上的第四代總督兒玉源太郎的銅像，行了一個禮。接下來走過筆直的下坡道，就到了台南車站。

茂峰調任到台南之後，從未這樣走過市區。茂峰和京子一起，在台南市裡小旅行了一趟。

「你再來林百貨，我們隨時都可以見面。」

京子跳上腳踏車，單手扶著把手，不斷回頭；另一隻手揮別，還哼著〈富士山〉越騎越遠。

七、海軍的精神——預科練精神注入棒

日本海軍在中途島戰役中失去許多優秀的飛行員，前線的飛行兵明顯不足。到了一九四三年，為了大量培訓飛行員，預科練習生的入伍人數大幅增加。從一九四四年的一月開始，南方諸島戰局吃緊，為了快速養成大量飛行兵，台南空也開始進行乙種（特）飛行預科練習生（特乙飛）短期教育訓練。因為這個計劃的實施，台南空組成練習航空隊，進行零式艦上戰鬥機、艦上轟炸機、艦上攻擊機的教育訓練課程。這時出現十五、六歲就入伍的少年飛行練習生，稚嫩的臉龐十分醒目，其中也有台灣人練習生的身影。

練習生經過飛行訓練後，成為少年飛行兵，就被送往戰場，但實際上他們的戰力離對實戰有幫助還差很遠。這些飛行時數不夠、戰技又未熟練的少年飛行兵，後來發展成不斷遭到接受完整訓練的美軍飛行員擊落的悲慘狀態。軍方為了力挽狂瀾，隔年在台灣編成神風特別攻擊隊新高隊。這個單位一上戰場就是特攻的少年飛行兵，他們的零戰載著二百五十公斤炸彈意圖撞上敵艦，一個接一個地在沖繩海域殞落。

因為大量少年飛行練習生入伍，台南空的營房不夠，茂峰和岡村、青木、高平山，就共用一間寢室一起生活。在熄燈喇叭號響完後，房間地板上鋪著被褥，四人並排入睡。有天晚上，熄燈後就寢前，岡村問茂峰說，「小隊長有女朋友嗎？」

「怎麼了？」

「我在這裡聽同梯的少年飛行兵說，把戀人的照片帶在身邊，跟敵機對戰的話，一定會勝出……可是，我沒有女朋友。」岡村停了一下，又說，「小隊長的女朋友長怎麼樣呢？如果有照片的話，可以借給我看一下嗎？我想借來記下她的臉，當作我的女朋友。」

茂峰想起姊姊的照片。

「岡村，你如果沒有女朋友的話……你的青梅竹馬也可以吧？」

「如果是隔壁的小鈴，她那麼愛哭，我應該會被擊落。」

睡在岡村旁邊的高平山，不曉得在對誰講話似地說夢話。

「高平山的夢話都是外國話，也不知道在說什麼。他每晚睡覺的時候，手裡都握著他媽媽手工做的小布娃娃。」

岡村又繼續說，「出擊作戰的飛行兵，會把布娃娃掛在機內當作護身符，這裡的少年飛行練習生應該也大多都有。高聽說之後要編成特攻隊的事，熱切地參加志願報名，跟分隊長交了特攻志願書。」

「特攻」是用人命去攻敵，其實很淒慘，年紀還小的少年飛行兵還不能理解那樣的現實。茂峰從睡鋪上起身正坐，看到高平山手掌上的布娃娃；窗外映入的月光照在布娃娃小小的臉上，臉頰橫畫著兩條黑線。

「臉上畫著的兩條線是什麼啊？」

「那是高砂族的風俗，他們會在臉上刺青。」

岡村對高媽媽臉上的刺青，記得一清二楚。

那是一年前左右的事。

營房門的內側有衛兵室。那天岡村走過附近，聽到衛兵跟訪客爭執；對方雖然穿著男性工作服，但聽聲音應該是女性。

對方的輪廓很深，皮膚曬得黝黑，粗眉、兩眼炯炯有神，結實的身體，臉上有左右對稱、細長的黑線條，是從鼻頭到耳根的刺青。感覺她年過四十，誰都看得出是高砂族的女性。岡村問了衛兵，聽他說對方從昨天離開霧社的富士溫泉，中午到了台南車站，再從那裡花兩小時走過來的。岡村馬上就注意到她是高平山的媽媽，那位女性說自己姓高，請求衛兵讓她會見兒子。衛兵說明規定不能會面，但她淚流滿面一直拜託。岡村知道後，就請高媽媽在衛兵室稍等，他馬上就跟那時少年飛行兵的指導教官鬼里飛曹長說明。

「好，知道了。先帶高媽媽到食堂，倒杯茶給她。」

鬼里看似有什麼好辦法的樣子。

「軍隊的規矩嚴格，不能會客。但是跟打掃食堂的兒子偶遇，那就沒辦法了。」

聽到這個，岡村先跑來向在營門口等著的高媽媽傳話。

「面會沒辦法，不過您遠道而來，我帶您到營區看看。我帶您到高每天吃飯的食堂，您先喝點茶，休息一下。」

母親握著岡村的手，一邊擦淚還頻頻點頭。把高媽媽帶到食堂後，岡村把茶端上桌，微笑地對高媽媽說，「請不要離開這裡，絕對喔。」

岡村衝回營房，把高叫出來。

「鬼里飛曹長下令，要你去食堂打掃。現在快點去食堂掃地。」

「今天早上才掃過而已耶……還來。」高平山懊惱、不滿地說著。

「你如果抱怨的話，會被鬼里飛曹長用精神注入棒打屁股的喔。」岡村說道。

高拿著掃把不情不願地走向食堂，食堂的門一打開，就看到媽媽坐在最裡面的椅子上。

「媽……」

高媽媽馬上站起來跑過去抱住他。過一會兒，岡村拿著鬼里給的大福，進到食堂。

「這是午餐剩的大福，請用。」

終於可以見到兒子，高媽媽雙手握著高的手，一直掉淚，哭到說不出話來。在媽媽眼裡，十七歲的高平山跟以前一樣是個小孩。

「高媽媽，我們時間不多，有話請趕快說。」

岡村搔搔頭，很為難地開口。

高媽媽恢復平靜之後，從背來的手編袋裡，拿出「千人針」的布條。幾乎所有住在霧社的高砂族女性，都在長長的白布條縫上一針，在布上線端結了無數的小小球狀的尾。據說纏在肚子上穿著，空戰時就不會被子彈打到，可以平安歸來。

高媽媽當然希望兒子絕對不要在這場戰爭中戰死。

兩人的對話講的是高砂族的母語，就是高在講夢話時一直說的外國話。媽媽從背來的袋子裡，又拿出好幾種草藥。從小就體弱多病的高平山，好像就是靠高砂族自古以來傳承的草藥養大的。媽媽還拿出他妹妹做的高砂族零食番薯乾，岡村也拿了一片來吃，覺得沒什麼味道。還有高爸爸寫的信。

最後從袋子拿出來的，就是高後來睡覺時一直握在手上，那個小小的媽媽布娃娃。仔細看的話，會發現那個布娃娃的臉上，畫著和高媽媽同樣的刺青。

媽媽打開高平山的右手，把布娃娃放在他手心上，再用自己的手闔起高平山的手，媽媽用力地把雙手緊握上去。高媽媽的表情扭曲，眼睛流出大顆淚水，就掉在兩手縫隙間露出的布娃娃臉上。

一開始高平山咬牙拚命忍住不哭，身體還微微顫抖。後來高平山終於忍不住，喊了一聲「媽媽」，猛然抱住媽媽。高媽媽也緊緊回抱。岡村受不了這種母子親情的場面，實在無法再待在現場，打開門飛奔到走廊。

岡村靠在走廊的柱子旁，抬頭盯著天花板。

「在長野的媽媽，現在不曉得在做什麼呢……」

岡村忍著在眼眶的眼淚，不讓它落下。

過了一會兒，高平山出來了。

「岡村，不好意思，可以麻煩你送我媽到營門口去嗎？」

之後高平山兩手抱著媽媽帶來的東西，往營房跑去。聽說高砂族的自尊心很強，高應該是不想讓其他少年飛行兵，看到他在哭的樣子吧！

岡村打開食堂的門，看到高媽媽坐在椅子上，呆呆地從窗戶望著天空；跑道上一架零戰，凌空飛起。

剛剛食堂裡凝重的氣氛，逐漸散去。岡村用報紙包起兩個大福，放進高媽媽空掉的背袋裡。

「高媽媽，我送您到門口。」

高媽媽默默看著岡村的臉，眼裡還含著些淚，但仍能看得出那表情，是在對岡村表達最大謝意。

到了營門口，高媽媽恭敬地低頭致意，岡村立正不動地回禮。緩緩抬頭的高媽媽，突然伸直了腰，望向營房的方向，那已看不見高平山的身影。

高媽媽「呼」地一聲，小小地吐了一口氣，輕輕低頭，往回望向來時的路，就這樣走了。岡村以為高媽媽還會駐足回望，但高媽媽完全沒回頭，直直地往前走去，消失在迎風搖曳的甘蔗田中。

青木睜著眼睛，盯著天花板，靜靜聽著岡村講的話。青木雙眼含著的眼淚，因為月色映出了藍色的淚光。

「小隊長，布娃娃的臉上有暈開的痕跡吧！那是高媽媽的淚痕。」

岡村用手指著。布娃娃用筆描出的左眼，有淺淺的暈開，看起來就像布娃娃也含著淚。

聽完岡村的話，茂峰想了一下開口問，「那麼想媽媽的高，為什麼想要志願報名特攻隊？」

青木坐起身來，望著高手心裡的布娃娃回答。

那是在茂峰赴任台南空半年前的事情。那天少年飛行兵有岡村、青木、高平山、高橋、清水五個人，再加上台灣人練習生葉盛吉，他們在用模型戰機討論空戰戰術時吵了起來。

鬼里太郎飛曹長是上午的教官，用戰鬥機模型來教他們空戰戰術，下午預定是實際的零戰飛行訓練。

那時在台南空的台灣人飛行練習生有好幾個人，這天的講課，加入了從台南一中休學入伍的練習生葉盛吉。葉盛吉的祖父名叫葉瑞西，他在日本統治初期擔任台南嘉義縣參事，也擔任過鹽水港要職；後來從事砂糖生意致富，蓋了一幢屋頂是八角形的宅邸，人稱「鹽水八角樓」。在這個建地裡，去年由總督府立了「伏見宮貞愛親王遺跡鹽水港御舍營所」的碑，紀念一八九五年時親王駐紮當地的事蹟。他爸爸葉聰在帝國鹽水港製糖株式會社擔任人事課長，並在公司的人事甄試中擔任面試官，京子的弟弟就是他錄取的。

台南一中是日本學生就讀，台南二中則是台灣學生，一般是這樣分的。葉盛吉靠關係進入台南一中就學，跟日本學生一起念書；快要畢業的時候，因為從小就嚮往在天空飛翔，很難割捨夢想，下定決心報名志願少年飛行兵。不過因為跟父母說一定會遭到反對，就自己偷偷完成報考手續，在台南空的考場接受甄試。考試前先進行身體檢查，接著是色盲、亂視的檢驗，還有運動神經、反射神經等測試，他全都合格。最後是學科測驗、智力測試，總計要有八十分以上才算合格，合格率是百分之二。這個甄試不分日本人、台灣人，就是靠實力。葉爸爸收到兒子的合格通知書後很驚訝，極力反對，但葉盛吉不顧反對，最後才讓他入伍的。這時候往內地的客船，陸續地被美國潛艇的魚雷擊沉，葉盛吉沒辦法到內地入伍，正好台南空開設飛行預科（特乙飛），他就變成預科的短期教育生。這天是葉盛吉申請來參加的課程。

「我跟你們說，什麼時候死，不管是早死還是晚死，死都是死，是不會變的。反正都是要死的話，那就多帶一些敵機上路再死。今天我就教你們這個戰技。」

鬼里不是預科練的畢業生。他在佐世保時是以海軍四等水兵的身分入伍，再以操縱練習生畢業。他擁有優越超群的戰機操縱技術，又善用腦中的戰術理論，是在多次激戰後生存下來的擊墜王。一九四二年六月五日，日本海軍失去四艘主力航母的中途島戰役中，他身為航母蒼龍號的艦上機飛行員，在跟敵機激烈空戰時，被擊中而失去左手小指。精神、體力都出類拔萃，有不輸任何人的技術與膽量。之後就在台南空成為特乙飛短期預科練習生的飛行訓練教官，少年練習生幫他取了個「鬼太郎」的稱號，既親切也令人敬畏。學生中的高橋和清水變成飛行兵後，鬼里是他們的小隊長。

「聽好，我左手拿著的是敵機，右手拿著的是零戰。」

六人都專注地看著鬼里手裡拿著的模型飛機。

「我在最激烈的拉包爾作戰過。美軍最近在實戰中配備了最新銳的艦上戰鬥機，兩千馬力的F6F地獄貓，它有零戰的兩倍馬力，會瞬間就出現在你們眼前。」

少年飛行兵越投入認真聽課，鬼里指導的聲音也越大。

「飛上去的話，你們就要繃緊全部的神經，戒備四周。一定要在被敵機發現之前，發現敵機，才是王道。發現敵機後要繞到敵人上方，從正上方發動攻擊一次就脫離戰鬥。對正下方的敵機，急速降下攻擊。因為血壓下降會不省人事，所以要咬緊牙關，拚命睜開眼睛，一直俯衝接近到可以看到敵機飛行員的臉時，再射擊。零戰的二十公釐機炮，在左、右兩翼各有一百發。亂射浪費的話，子彈會馬上用完。」

鬼里咕嚕咕嚕地喝了水壺裡的水之後，環視著在座的少年飛行兵又說道，「你們的飛行時數太少，還很生疏，不要逞強做一對一的決鬥。」

鬼里兩手拿著模型飛機，忽站忽坐，靈巧地操作。

「像這樣，從敵機的後方上空，趁對方還沒注意到的時候，一口氣急速下降，連續射擊。」

鬼里的聲音越來越大。

「用飛行技巧橫向滑行，把機首向右或向左偏移地飛。這樣橫向移動的戰技，讓敵機無法判斷飛行路徑，可以讓我們從敵機的射擊中逃出。」

練習生們的眼睛都亮了起來，每個人都探出身子，專心、認真地聽講。

「接下來講的戰術是『扭轉切入』。這是技術高超的搖擺戰技！這樣子把機體迴旋起來切入，恢復成水平，再繞到敵機的後方攻擊。這時容易失速，如果讓敵方看到我們機體的機腹和背後，就會被子彈打中。還有，急速下降時如果速度過快，零戰會在空中解體。一定要小心、注意。」

鬼里的音量越來越上揚，從敞開的教室門，迴響在整個走廊。

「如果連這樣都不能取勝，作戰是沒有規則的，反正打贏就好。往敵機方向撞過去！」

零戰往敵機的模型飛機猛力撞擊，鬼里手上的零戰螺旋槳折斷，但還在飛。

鬼里的聲音傳到分隊長室，引得小林分隊長過來門前偷偷查看，接著鬼里被分隊長叫去分隊長室。

鬼里不在的教室，模型飛機被高平山和葉盛吉各拿一架在手上，分為零戰和敵機，展開空戰的模擬對決。兩人童心大發地從房間的這端又跑又跳到那端，嘴裡還模仿著引擎音和機槍掃射的聲音，天真無邪地嬉鬧著。青木擔任地上砲火任務，形成三方互打的大混戰。

高橋看著，不滿地站了起來直接對葉說，「葉盛吉，你這傢伙是漢族的台灣人，所以跟中國軍機空戰的時候，你會不戰而逃吧！」

接著清水附和說著，「高平山的親戚在霧社事件中，大部分都被日本兵殺了，你是恨日本人的對吧。所以不會打中國飛機和美國軍機！」

「對呀，葉跟高都不是日本人！」

「葉不對同胞的中國人開槍，高是恨日本人。」

岡村站起身來，對著高橋和清水說，「你們也體諒一下他們兩個人的辛苦，我們都是台南空的夥伴呀。」

青木也用力地點頭，表示同意。

「不要！我們才不想跟叛徒一起飛！」

清水從高平山手中，搶走零戰的戰鬥機模型丟出窗外。

「就像這樣，你們是會丟下夥伴逃走的膽小鬼。去外面把它撿回來！」

聽到這樣的話語，高平山立刻出手打了清水和高橋，葉也加入激烈互毆。岡村與青木試圖勸阻，但是兩人也被捲入，演變成六人大亂鬥。

沒多久聽到騷亂的鬼里，飛奔回教室。鬼里在分隊長那邊，被說上課聲音太大聲，本來就很不高興。

「你們在幹什麼?想打架，找我呀。放在這裡的飛機模型不見了，在哪裡?」

從鬼里的兩耳，好像能看到噴出憤怒的蒸氣，他通紅的臉看起來像要爆炸似的。

「飛到窗戶的外面，著陸了。」

青木立正回答。

「笨蛋!模型飛機是不會自己在空中飛的。我看你們大和魂的分量還不夠的樣子。」

結果六個人一起被連坐處罰。

霞之浦預科練是以每十五人為一班行動，如果有人掉隊、行動不一致，全班都要負起連帶責任。提到「連帶責任」，就要說到「精神注入棒」。精神注入棒，是用堅硬的橡木做成用來打人的棒狀，長度比棒球的球棒稍短。訓誡時，練習生向後轉，雙手舉起翹高屁股;教官會高高揮起棒子，大聲斥責、咆嘯道:

「不能戰勝痛苦的話，就贏不過敵人!」

教官瞄準屁股，使盡全力揍下去。被打的練習生，會覺得有股很大的衝擊力從屁股一直灌到頭部，像被雷打到。因為是用這根棒子把精神灌進身體，所以稱為「精神注入棒」；又因為被揍時發出的啪打聲，練習生都很畏懼地稱它做「啪打」。

這就是海軍傳統的精神鍛鍊法。鬼里用這根棒子每人揍三下，六個人全部倒下，完全站不起來。接下來，鬼里拿來裝滿水的三個水桶，往六人的頭上倒。鬼里站著不動，大聲地說，「給我聽好！大和魂的終極意義就是，濟弱扶傾，保衛國家。為了守護國內婦孺的性命，你們少年飛行兵要不要命地飛！你們要有這種大和魂。這個精神，到死都不能忘！」

發生這事件以後，高平山身為日本兵的強烈自尊心，再加上守衛國家的使命感又比別人強烈，期盼駕著特攻機轟轟烈烈地往敵艦撞上去，把戰死當作自己的生命意義，熱切地希望成為特攻隊員。

高平山的出身背景也很特別，他是以優越的成績從霧社公學校畢業。父親是巡查補（譯註：日治初期因各地警員不足，招募台灣本島人以輔助日本員警的職位），而父親的日本人上司是台中警察署巡查部長；當部長得知高平山的升學問題後，就以父親身分讓高平山跟自己住在台中市警察官舍方便照料，還讓高平山到高等小學校上學。高平山十五歲時以預科練為志願，通過層層難關，甄選上土浦航空隊預科練乙種練習生，進入土浦航空隊開始訓練飛行。因為台南空開設了乙種（特）飛行預科練的航空隊教育生課程，就從土浦航空隊飛連轉校，經過短期培訓成為二飛曹。在日本統治下的台灣，把日本人稱為內地人，高平山這樣的原住民稱為高砂族，此外都叫本島人，三者的待遇極為不同。

清水提到讓他怒氣沖沖的霧社事件，是發生在高平山畢業的霧社公學校，一九三〇年十月二十七日，在校園裡舉辦運動會的時候，遭到附近約三百名的「蕃地」壯丁襲擊，日本官民有一百三十四人被殺害，是台灣史上最大規模的抗日叛亂事件發生的現場（譯註：日本來台建政以來）。後來被日本軍隊鎮壓，高的爺爺、叔叔還有很多親戚，都因為跟日本軍隊作戰而戰死。嬸嬸和女性親戚、孩子，因為高砂族的自尊，約有一百四十人集體自殺。此事件發生在高平山三歲時，當時因為媽媽帶著他到台中醫院生妹妹，所以母子三人都跟這個事件無關。

事件之後軍方在當地展開工作，對高砂族實施愛國精神教育，在精神面上完全成為內地人的他們，就會報名去應徵志願兵。

台灣的志願兵制度下，高砂族志願報名的特別多。從一九四二年四月開始徵召的人員中，有多數是志願者來應召，隔年的志願者人數激增，其中還有寫出血書的志願者希望一定要讓他們入伍；也有還只是十四、五歲，年齡不足想要闖關入伍的少年，這種情況相繼發生。歐美列強在自己的殖民地，也對當地民族召募志願兵，但像台灣這樣狂熱報名的例子，在世界戰史上前所未聞。

鬼里的棒子沒打到葉盛吉的屁股，卻打中腰部，讓他一星期都無法下地走路。父親葉聰前來迎接並說服他，讓他免除軍籍回到新營。在這之後他改名葉山達雄，進入宮城縣仙台市的第二高等學校就學，後來就讀於東京帝國大學醫學院。戰後被編進台灣大學醫學院，畢業後到瘧疾研究所工作。在那裡受到中國共產黨思想的影響，加入共產黨。一九五〇年，在蔣介石政權抓捕共產黨（譯註：即「清鄉」）的行動中，他的黨籍暴露，逮捕後遭到槍決。

八、九重葛——末廣神社下綻放

盛夏的黃昏。

茂峰從台灣步兵第二聯隊回程經過林百貨，因為接到水戶姊姊寄來的信，想拿給京子看。京子在一樓電梯前，再過十五分鐘就能休息，跟茂峰約好在頂樓相見。

收納著防空重機槍的六樓和屋頂，除了軍人和林百貨的店員，外人禁止進入。五樓有間視野極佳、很受歡迎的餐廳，再上到頂層的六樓，就是彈藥庫。往六樓的樓梯入口有個警衛亭，那裡有個白髮老警衛，以前是男裝賣場的櫃員，現在已經退休。

林百貨的屋頂有個末廣神社，是掌管生意興隆、事業發展的小神社。因為皇民化政策，在台灣有很多神社，不過林百貨屋頂僅有末廣神社。這個神社傳聞也對求姻緣戀愛很靈驗，小小的石造鳥居上，延伸纏繞著從盆栽繞上去的細枝，滿是鮮豔的紫紅色花朵綻放。上頭寫了許多男女的名字，還吊著幾個求姻緣的繪馬；說是繪馬，其實也就是簡單削切的木板，茂峰注意到其中有一片跟其他風格不同。

「拜託，請讓我劍道初段合格　京子」

這絕對是京子寫的繪馬，沒錯。茂峰笑著摸摸這片繪馬，繪馬上繫著小小的鈴鐺，響起清澈的鈴聲。到了休息時間的京子，對老警衛說要去神社參拜。老警衛露出意有所指的笑容，用手指著頂樓，「有阿兵哥在等喔。」就讓京子上樓。

老警衛低聲講的那句話，被京子拋在身後。京子邊走邊微幅快速擺動右手，她幾乎是用跑的上到屋頂。

中午過後，街道降下台南特有的午後雷陣雨。雨停後的天空，在上空掛起大大的七色彩虹。被雨水降溫的屋頂，有涼風徐徐吹過。真讓人心情舒暢。

看到在鳥居前等待的茂峰，京子微笑著跑近，迅即用雙手抓住茂峰的手腕，茂峰下意識地用左手護住衝到身邊的京子。京子搖曳的頭髮，朦朧地飄散出甜香。

京子的呼吸急促，「對不起，遲到了！」她上氣不接下氣地說，然後呼吸終於回穩。

「我經過一樓的點心賣場，從店員朋友那裡拿了些點心，爬樓梯上來，再一口氣衝到這裡，都不曉得多少年沒這樣了呀。」

京子穿著全身淡藍色的短袖制服，同色的帽子往右朝下地戴著，正紅的髮夾固定住頭髮。應該是因為從一樓跑上來的關係，帽子稍微偏移。她化著薄白的底妝，嘴上是粉紅色的口紅。制服的胸前掛著銀色名牌，上面用紅色的文字刻印著「和田京子」。橙色的低跟鞋，纖細的手腕插在腰間站著。

京子全身包在黃昏柔和的陽光中，像是一幅宜人的靜態畫。京子這時就像少年飛行兵身上帶著的明星相片一樣，彷彿像在問茂峰些什麼事的姿態。

京子從制服口袋裡，掏出從店員朋友那邊收到的甜點。

「這個甜點只有在這裡可以買到喔，是最受台南女生歡迎的。」

包在白紙裡的黃色甜點小小一顆，放到嘴裡又甜又酸，真是奇妙的口感。傳聞台灣女性很喜歡這樣的甜點。

聽說台灣有很多甜點，都說文明人才吃砂糖，不過以前砂糖在台灣很貴，一般人很難吃上一口。清國的官員渡海到台灣，也想著要買砂糖來吃；看到此景，台灣有錢人就覺得吃砂糖就是一種富裕的特權階級象徵。

這時在內地，由於食品的洋化，砂糖的消費量急速上升，台灣總督府就在台灣開拓、種植甘蔗田，並且栽培成功。建立製糖工廠，又提供高額補助，對製糖公司相當優待。現在砂糖已經成為台灣的一大產業，結果就是在林百貨的甜點賣場，有種類豐富、樣式齊全的各式甜點，百貨裡最忙的就是甜點賣場了。

茂峰從胸前口袋，取出信來交給京子。

「這是姊姊的來信嗎？我也可以看？」京子問到。

「也有提到京子你的事。」茂峰很期待地說著。

京子深吸了一口氣，讓心情平靜下來，把信讀出聲。京子讀信的聲音也很像恭子姊，讓茂峰有種姊姊讀給他聽的錯覺。

茂峰，非常感謝你一直寫信來。你很有朝氣的樣子，在我眼前浮現。爸、媽身體也很健康，請安心。

一、來源不明的水不要喝太多。二、吃飯不要有剩。三、小心不要受傷。四、每天要洗衣服，保持乾淨。五、不可以吵架或打架。六、要寫信來。

還有，你上一封信寫到，電梯小姐的和田京子小姐。她跟我長得很像，雖然名字的漢字寫法不一樣，但是恭子和京子的念法是一樣的啊。

她好像是茂峰很重要的朋友。不要讓我操心。我現在沒有辦法去台南，總有一天，會到那邊，去跟京子小姐見上一面……

京子讀完，把信紙放回信封，還給茂峰。

「水戶的姊姊是怎麼樣的人呢？」

「她很會瞎操心，常常寫了一大堆要我注意的事情，我不喜歡。」

在信裡，姊姊想要寫「戰爭結束後」，不過因為戰時的信件都會被軍部檢閱的關係，所以只寫了「總有一天」。

「如果我們在水戶相遇，那會怎樣？」

台南的天空漸漸染紅，夕陽餘暉反射在京子胸前的銀色名牌上，讓京子覺得有些刺眼。

「從水戶可以看到富士山嗎？水戶是怎樣的城市呢？」

「在水戶不開著零戰在上空，是看不到富士山的。不過水戶春天的時候，偕樂園開的梅花很漂亮，今年二月我有跟姊姊兩人去賞花。」

他們離開偕樂園經過護國神社的時候，在那裡求了護身符；那個護身符跟姊姊的照片一起，一直放在茂峰身上。

「我也想去水戶看梅花。那邊的梅花，是不是跟這個花一樣開很多？」

鳥居旁邊放著的小小盆栽，延伸出的細枝把鳥居繞了好幾重，上面開著鮮豔的紫紅色小花，毫無間隙地綻放著。舒爽的風吹來，小花很有韻律地左右一齊舞動。

「這麼鮮豔、盛開的花，在日本沒見過。這花叫什麼名字？」

京子從胸前口袋拿出鉛筆，在包裹黃色甜點用的白色包裝紙上，寫出這花的名字。京子微笑地把白紙拿到茂峰眼前，上面寫著花的名字。

「花的名字是九重葛（譯註：又稱三角花），這在台南到處綻放。」

京子從盛開的花叢，摘下一瓣顏色最鮮豔的花瓣，包在白紙裡放進口袋。

「我想寫信給你姊姊。」

京子想了一下，抬頭望著被夕陽染紅的天際，把她想要寫的內容說出來，

「您好，我是台南的和田京子……信件開頭這樣寫，可以嗎？」

看來，京子真的想寫信給水戶的姊姊。

「你信寫好了給我，跟我的信一起寄到水戶。雖然軍部會檢閱郵件，不過不用貼郵票，免費的。

從台南空直接送往內地的航空信件，送件速度很快，一下子就寄到了。」

茂峰體貼地回答。

「我會加油寫信給姊姊。寫好了，你可以幫我看看？如果有什麼寫錯了，

那不是在姊姊面前丟臉？」

茂峰用力地點了點頭同意，兩人並排站對著末廣神社，仰望著天空越來越紅的晚霞，相視而笑。

電梯小姐配合來店的客人，會分別使用日本語跟台灣語接待。京子能流暢地說出漂亮的標準日本語，當然也會用日文寫信。林百貨的台灣店員日本語能力都很好，館內的引導廣播是日本語，館內播放的音樂也是日本最新的流行歌曲，這裡跟東京的百貨公司別無二致。

京子已經進入林百貨第七年。當初也是輾轉到各樓賣場歷練，直到大東亞戰爭開戰那年的春天，有電梯小姐因為結婚離職，就在李課長的推薦下開始當電梯小姐。

台南唯一裝設有電梯的林百貨，就像是來搭遊樂園的遊戲列車，每個週末的電梯前，都會排起長長的隊伍。限乘十二人搭乘的電梯裡，有各式各樣的客人。常有不認識的太太，突然要介紹相親對象，還要求電梯小姐看照片；也有從嚮往當電梯小姐的少女那邊，收到仰慕信件的。開戰前一年，台北市大稻埕的第一劇場裡，有來自內地的歌劇團演出完整劇目；來看歌舞表演的少女們，排著隊到後台希望能跟明星們握手。大家似乎也都把電梯小姐聯想成，美麗、華麗又優雅得氣質出眾的演員、明星。

晚霞的餘暉更加濃郁，把在鳥居開著的紫紅色九重葛，染得更加鮮豔。

九、驚變——穩健派教育改革運動與特高

九月上旬的一個深夜，本來應該在台北的義夫，沒事先聯絡就突然返家。那天父親德順值夜班，隔天早上才會回家，義夫帶著名為廣田建隆的教師同事一起回來。

本名為黃建隆的廣田在台北市役所（譯註：台北市政府）附近的樺山國民學校，當過助任老師，現在是台北市大稻埕太平國民學校的級任老師。樺山國民學校的學生幾乎都是日本人，學生多半來自總督府、市役所、州廳和法院，這些行政相關各部門職員的家庭。

廣田把京子端來的茶一口氣喝乾，娓娓道來。

「我跟義夫都是國民學校的老師。在台灣教育中推動一視同仁政策，要把台灣人視同日本人；但在另一方面，台灣人念公學校，日本學童念小學校，只有特定台灣人家庭的小朋友才能進入小學校，我們覺得這種制度很矛盾。」

義夫點著頭聽廣田說話。京子不太關心這方面的話題，就只是聽著。

「從三年前起，公學校和小學校都被改成國民學校。但是實際上情況變得更糟。班上優秀的學生去報考中學全部落榜，合格的只有日本人，向校長申訴後，他卻表示日本人子弟的話，八十分可以考上，但是台灣人如果沒有滿分就很難。就算是滿分，被准許入學的，十個人也只有一個。這種歧視真的很糟糕！」

京子畢業的末廣公學校，三年前也改為末廣國民學校，學生全都是台灣人，老師應該有一半是日本人吧。擔任級任的台灣人老師王歌子，則是從內地的師範學校畢業。

「如果可以高聲唱出心中的歌，長大後一定會是日本第一的好人。大家今天也很有精神地來唱吧。」

京子記得歌子老師教她很多音樂，想起以前每天都快樂唱歌的回憶。

「男生要挺胸，女生要把背打直。」

京子在朝會時，常常被這樣教導。

廣田又把第二杯茶一口氣喝完，繼續剛剛的話題。

「連老師的薪水也是這樣。我們台灣人老師明明跟日本人老師，付出同樣的勞力，結果日本人老師拿四十二圓，但是台灣人老師只拿二十五圓。很像台灣人能力不足，日本人就比較高級的樣子。台灣總督府在皇民化教育之下，想要把殖民地的台灣內地化，那就應該照同化政策把台灣人當日本人，把這裡當成日本。」

本來靜靜在聽的義夫，也開口了。

「就算在學校學了日本語，在學校外，跟親友的對話還是台灣話。在其他地方，也有人說客家話，高砂族各族之間也都各有各的族語。連在日本人生活的台北城內，也有多數都是台灣人在住的大稻埕，居住的區域不同，就有各種不同的文化。所以只用日本語來統一語言，實在不實際！」

廣田問京子，「我從義夫這邊，常常聽到妹妹的事。好像是在林百貨當電梯小姐。你現在聽到這些，有什麼看法嗎？」

京子突然被問到顯得不知所措，她對這些談話的內容還不是很能理解。

「我是不懂啦。我的夢想是到內地工作，對台灣人來說，日本人不好嗎？我並沒有這樣想。」

義夫受到廣田言行、舉動的影響，漸漸地對穩健派教育改革運動感興趣。廣田和在台北、台中、台南、高雄的台灣人老師，一起提倡教育改革。他們因為發起運動，被當作危險的抗日分子，受到特高（譯註：特別高等警察）的監視。

穩健派教育改革運動是以台灣人的老師為主體，結合農民運動和勞工運動，並扮演重要的角色，未來是想要組成以民族主義為基調的抗日組織。他們和採取激烈的破壞行為，來進行武裝抗日的路線不同，是以和平、進步為目標，被稱為穩健派教育改革運動。廣田從教育工作的觀點出發，呈現近代教育應該要有的狀態，改革現在的教育環境，讓台灣人知道自己不是日本人，促進台灣人的自我認同覺醒，發起呼籲年輕的教育工作者要自立的運動。

廣田在義夫的帶路下，從高雄騎腳踏車來見台南的同志。他們因為特高的嚴密監視，無功而返。隔天早上天還沒亮，兩個人就離開了。

那天早上，京子出玄關要去上班的時候，有兩個男人走近。他們自稱是台南警察，叫住京子。

「誒！女人，廣田建隆來過吧！」

京子冷靜地回答，「我不認識這個人！」

京子一說不認識後，便被穿著便服的男人突然打了一巴掌，頓時踉蹌跌倒，他抓起京子胸前衣拽起她，扭了右腕往上拉。

「好痛！」

京子從嘴唇流出的血滴落在地面，染紅一片，接著被帶到台南警察署。

此處位於京子通勤路上，常從前面經過，可是從未進去。警察署的玄關大廳天花板很高，正中有樓梯，樓梯到一半往左右分開，接到二樓。往大窗戶望進去，像在展現警察官威似地，可以在內院看到有棵盤根錯節的大榕樹，聳立參天。京子被帶到地下室一個有霉味的小房間，四面是很有壓迫感的水泥牆壁，天花板懸吊著一顆電燈泡。中央的小桌子一邊擺著一張圓椅，另一邊靠門的椅子上，坐著剛剛那個穿便服的男人。

他是台北州廳警察部特別高等警察警部，名叫有馬隼人。特別高等警察「特高」專門抓政治思想犯，他們常用拳打腳踢這些暴力手段進行調查，恐怖到讓愛哭的人也會安靜下來。

對著靜默坐著的京子，有馬用左手往桌子用力一拍，在狹窄的房間裡響起重重的一聲，吊掛的燈泡也搖晃起來。

「喂！把你知道的事情都說出來！」

有馬瞪著她的臉，如同要看穿似地怒吼，京子被打的臉頰還在痛。

京子因為突然被打，瞬間感到恐懼，短暫陷入恍惚，連話也說不出來，直到這時她才回神。

有馬銳利的眼光瞪著，好像要刺進京子的眼裡，京子也回瞪，擁有劍道初段的京子，平日持續嚴格的訓練，她有自信比別人還能堅持。京子轉頭看向搖晃的電燈泡，繼續保持沉默。

九月的地下室非常悶熱，會發熱的電燈泡讓房間裡更熱。有馬應該是因為熱而脫掉上衣，掛上牆壁的釘子。他在夏天還穿著長袖襯衫，右手的袖口用鈕扣封著，可以看到有馬沒有右手掌。褲腰帶上挾著手槍，被電燈泡照到，隱隱閃現暗暗的金屬光澤。

「我什麼都不知道。」京子反覆說著。

有馬說，今年四月時台北流行起斑疹傷寒，那是從中國潛入台灣的中國間諜幹的好事，他們搜索了藏匿抗日運動者的房子，發現裝在小瓶裡的傷寒桿菌。抗日運動者和中國特務機關串通，計畫了會波及民眾的恐怖行動。為了阻止這件事，展開了一連串的搜查。

廣田是部分抗日運動的領導者，當局懷疑他和打算進行破壞的極端抗日運動者有所關連。如果抓到廣田，就能搜索恐怖組織，接著就能將台灣的抗日組織連根拔起，一舉殲滅。

這時來了另一個男人，在門口跟有馬講了些悄悄話。京子豎起耳朵，聽到接獲廣田出現在高雄的情資。廣田貌似單獨行動，沒聽到本來理應出現的義夫的名字，所以應該是還沒搜查到義夫。

說完話後，有馬拿了上衣旋即離開房間。與有馬替換的警部補，在入口吹著涼風，交叉著雙臂向京子說道：「女人，你還真不怕獨臂的有馬警部，你這女人也太有種了。」

被威脅了也還是沉默不語，對京子的調查約一小時就結束。警部補說，如果沒有保人的話，還是不能離開；這位警部補打電話給京子的上司李課長，由他來擔保，京子才被釋放。

一進到林百貨的會客室，京子就把昨晚哥哥義夫把同是教師的廣田帶到家裡的事情，一五一十地告訴課長。

「京子，金城少尉被徵召入伍前，是台北州廳的公務員，我想他會有好辦法。明天跟他商量看看。」

「請把台南空的杉浦先生一起請來。」

「我會跟金城少尉說。你快去醫務室接受治療，你今天這樣就可以走了。」

隔天下午，李課長先在頂樓對金城說明此事，金城接著打電話到台南空叫茂峰來。接到金城的聯絡後，茂峰動身前往林百貨。茂峰在會客室見到金城與李課長，李課長詳細訴說昨天發生的事。這時敲門聲響起，京子端茶水進來。

京子被特高毆打的臉還腫脹瘀青，手腳上也傷痕累累，應該很痛才對。放下茶水後，京子倒在地板放聲淚崩；李課長扶起京子，牽手讓她坐到椅上。

「京子小姐，你沒事吧？」

茂峰屈膝看著京子的臉。他在屋頂上見到的活潑京子，和今天陰沉的京子完全判若兩人。

「茂峰先生，讓您擔心，真是對不起。」

話一說完，京子又放聲大哭。看到這樣，茂峰心頭湧上強烈的怒意，站起身來大聲說，「特高這樣對待京子小姐，我要去討個說法！」

「不要這樣！」

京子起身明確反對，她不想給茂峰添麻煩，京子很誠實地訴說心情。她喘了一口氣坐到椅子上，不知為何覺得全身有股暖流，她從未如此，應該是因為安全感吧。能見到茂峰真好。

「你臉上這樣，暫時不能擔任電梯小姐。」

李課長讓她先休息一陣子。

由台北州廳總務課職員徵召入伍的金城，曾負責承辦小學校跟公學校的施設，他也聽說過台灣人教師的教育改革運動，一直靜靜聆聽的他此時開口：

「我的雙親都是從沖繩移居來的，台灣一共有兩萬人從沖繩過來。被稱為『琉球人』的這些人，和內地出身的人相比，在學校或職場都被歧視。我太太也是出生在台灣的灣生，小孩也都在台灣出生，所以我們全家都是台灣人。台灣是我們無可替代的故鄉。我們的母國是台灣，但祖國是日本，不過到現在我都還沒去過祖國。」

金城對自己身為琉球人被歧視也有不滿。這種不滿也可以看成是抗日，雖然老師跟軍人的立場完全不同，只是金城能理解義夫的不滿。

「再這樣下去，義夫遲早會被特高帶走，嚴刑拷打後送進台北監獄。」

「特高」這個組織能力很強，它挑上的獵物絕對逃不掉；他們蒐集情報的能力，比陸軍憲兵隊更上一層樓。要搜查到義夫只是時間問題，如果應對慢了，事情會變得無法收拾。

「有什麼好辦法嗎？」

李課長趨前詢問眾人。金城的提議是，讓義夫先辭去教職躲起來。

「以台灣人特別志願兵的身分入伍的話，就算是特高，也不能追查到部隊裡。」

金城打開窗戶，大口地抽起香菸。

「台南空也有台灣人少年飛行兵，他才十七歲就把『死亡』當成人生意義。」茂峰想起高平山。

「但是，我絕對不會讓他死。」茂峰一直是這樣想的。雖然根據同化政策，台灣人也是日本人，但這是場日本的戰爭！根本不需要台灣人死啊。

金城抽完菸後，關起窗戶，訴說具體的想法。

「台灣人志願兵，要先到台南的台灣步兵第二聯隊入伍。在那裡的話，京子小姐隨時都能跟他見面。而且我是同部隊的少尉，可以保證你哥哥的安全。只要他本人不去報名前往南方戰場，就會一直留在台南。等戰局穩定，再恢復教職就好。那時特高也把你哥哥忘了。我在入伍前，是台北州廳的職員，關於之後恢復國民學校教職的事情，我可以跟以前的上司商量。」

京子聽到金城的提案，終於恢復笑容。看到這樣，金城和李課長也安心地微笑起來。

茂峰皺起眉頭，突然起身。

「我擔心京子小姐！如果特高再來要跟我說，我絕對不允許！」

京子從茂峰熱切的語調中，感受到對自己的強烈善意，她自覺因為這樣，自己心中的愛火也熊熊燃起。對茂峰這麼認真的反應，李課長覺得他對京子有著特別的愛意，京子也順勢把這樣的善意當成愛接受，可以看出她也動了心。李課長能感受到他們兩人之間，交流著鮮活而溫暖的情感。

京子直直地望著茂峰，等她情緒回穩後，她看著三人微笑起來。

「那哥哥的事，就拜託了。我會告訴哥哥這個辦法。」

京子的微笑，任誰看了都會覺得心情愉悅，京子是最適合笑容的。茂峰也放下心來，看到這樣的京子，更覺得她的可愛令人無法抗拒。

金城回到隊上後，未經甄試即刻辦理了義夫的志願兵入伍手續。直到終戰，台灣人和高砂族的特別志願兵，總動員數在二十萬人以上，其中約有三萬人戰死。

本來應該安穩待在台灣步兵第二聯隊的義夫，隔年三月被派往菲律賓作戰。在那裡的台灣人特別志願兵幾乎全員陣亡，到了七月，義夫也成為其中一具屍體。

十、槍響——血染大稻埕

九月中旬，台北市大稻埕的夜空下，響起三聲無情的槍響。

特高的有馬隼人趨前接近，為了確認從大稻埕第一劇場出來的是不是廣田。

「喂，廣田建隆！」有馬出聲。

對方回頭被滿月照到臉，那的確是廣田。獨臂的有馬抓著慌張想逃的廣田右手，意圖扭彎他的臂膀；廣田甩開有馬的手，頭也不回地往太平國民學校的方向跑去。這邊是台灣人住的街區，廣田相當熟悉此處錯綜複雜的小巷。

有馬將廣田追到窄巷，用左手拔出藏在腰間的手槍，準備射擊。

「廣田，別跑！再跑的話，我要開槍了！」有馬大聲喝斥，在後面的人都能聽到。陸軍憲兵舉著手槍，但不想射擊；不過，特高會毫不猶豫地扣下板機。眾所周知左手也能百發百中的有馬，他一定會開槍；那些被擊中的，有日本人也有台灣人。

砰！

無情的槍聲響徹夜空，一陣閃光在廣田的頭上炸開。子彈打中電線杆上照亮小巷的電燈泡，燈泡碎裂散出無數細碎的玻璃碎片，四周瞬間變暗。

在深長的建築物陰暗深谷裡，連月色都照不進來。

「出來，大爺我看得見你！」

受過夜間射擊訓練的有馬，可以清楚看到廣田身影，只要一現身就會被擊中，廣田放低身體面向有馬，由腳部慢慢倒退移動。感覺到動靜的有馬，槍口對著在黑暗中的廣田，連續開了兩槍。在大稻埕建築群中迴響的槍聲，變成無數槍響。

「嗚。」

廣田發出一聲哀嚎，鮮血噴出，他的呻吟夾雜著逃跑的腳步聲。有馬自覺有打中一發。廣田經過的路上斑斑血跡，這血跡正指引著他逃亡的方向，最終廣田還是消失在夜晚熱鬧的大稻埕人群中。

被有馬擊中的廣田，逃進江山樓接受治療。廣田離開樺山國民學校後，在太平國民學校擔任級任老師。他接任的是五年級的班級，學生裡有江山樓吳姓老闆娘的大兒子。當大兒子拒絕上學而長期缺課，是廣田在這段期間頻繁家庭訪問，還幫他補課。在廣田的熱心教學下，大兒子後來又回到學校上課，現在已經在東京的早稻田大學就讀。

被有馬擊中後還是逃走的廣田，從江山樓連棟的建築後門進去，接著往住家的那棟屋子跑去，廣田逃進現在沒人住的老闆娘大兒子的房間。老闆娘看到身上都是血的廣田，悄悄地請了仁安醫院的外科醫生來治療。有馬射出的子彈卡在右肩，挖出子彈，做了適當的處置後，並無大礙，他就留在那裡接受老闆娘照顧、療養。

江山樓是四層樓高，磚瓦造的豪華建築。一九二三年皇太子行啟到訪台灣時，總督官邸要求呈上此處的料理，堪稱台灣第一酒樓。江山樓周邊以花街聞名，附近有很多台灣人專用的妓院，這些妓院都是得到市役所許可證照的公娼館。總督府劃分出日本人專用的梅園妓院，那裡的客人全都是日本人，所以多數的日本人不會從城內踏足到江山樓周邊的大稻埕。這裡是台灣人自己的文化發祥地，對廣田來說是絕佳的藏身之處。

老闆娘為了報答廣田對大兒子的費心而悉心照顧。療養相當見效，傷勢也日漸恢復。九月二十四日，老闆娘通知和田義夫來訪。這是他們兩人從高雄一別以來，相隔半個月之後再見面。

「現在傷勢如何？」

廣田打開窗戶，夕陽染紅了大稻埕。

「已經沒事了。右手還提不起來，不過還能寫信。」

「我在第一劇場對面的龍生堂，買了一些落雁（譯註：米、麥為材料蒸過後，再著色的甜點）的和菓子過來。」

「連我喜歡和菓子，你都記得啊。」

「廣田老師也喜歡昭和町明月堂的『最中』（譯註：紅豆餡甜點）。」

「屏東的紅豆餡甜得剛剛好。甜點是我的精神食糧呀。我跟龍生堂的大兒子，在太平公學校是同班同學。」

「那個特高也很過分，還真的在大稻埕裡開槍啊。」

「他想殺了我，還連開三槍。」

義夫在龍山國民學校教完今天的課，就跟校長提出辭呈。之後他就要回去台南，隔天到台灣步兵第二聯隊，以台灣人志願兵的身分入伍。

「如果成為台灣人志願兵的話，連特高都無法下手。所以，我暫時沒辦法再和廣田老師見面了。」

有些老師知道廣田躲在江山樓。有馬一定也會獲得這情報，搜到這邊也只是時間的問題。

廣田決定等太陽下山，大稻埕亮起華麗的霓虹燈，夜色改變以後，就混到人群中移往九份。在九份國民學校那裡，有在當老師的妹妹和妹婿。

「廣田老師，我們台灣人老師把日本語當台灣的國語在教學生，又負責推動在皇國精神下跟內地同化的政策，把一視同仁作為教育目標，向台灣學生們推廣日本語的使用。」

廣田聽了義夫這番話，接話說道：「不過，多數的台灣人家庭，在生活中不用日本語，用各自的母語在生活。日本語是在做生意的時候，拿來當成獲利的手段，或是從新聞跟書本上得到知識時使用而已，我想這樣要跟內地的文化整合，會相當困難。」

廣田用力地點了頭，繼續說道：「一八九五年，台灣按照日清講和條約，讓渡給日本開始在台統治。內地集資來當作建設台灣的資金，其實日本相當勉強自己，讓台灣近代化的。」

義夫以自己是穩健派教育改革運動家的立場，覺得這些話好像略顯肯定日本，少見廣田這樣奇妙的發言而感到奇怪。廣田突然想到什麼似的，從褲子後方口袋拿出香菸。

「因為對傷口不好，所以都沒抽菸。我突然想到有放一根在這裡。」

廣田靠著牆大口吞雲吐霧，吐出的菸從窗戶飄出，被夕陽染紅。

「現在台灣人的國民素質確實提升了。得到知識的台灣人，意識到台灣人的主體性和獨特性，漸漸有了民族的覺醒。」

廣田認為原本台灣人就有這種「身分」認同的基礎，再加上日本教育的關係，漸漸地覺醒起來也是自然現象。有馬這些特高，斷定這種剛萌芽的台灣人身分認同是危險的思想，就認定這會是對抗同化政策的抗日運動，一早就要禁絕，在這種思想還沒擴大影響前趁早勦滅。

「義夫，現在的台灣兒童教育欠缺的是身分認同。台灣人要自覺是台灣人，要對自己的民族有自信。」

廣田大概是話講得太多，中彈的傷口又痛了起來；用左手護著傷處，稍微緩和後再度開口。

「不應該破壞台灣的文化，然後同化在日本文化裡，應該要互相認識彼此的文化，在台灣共存共榮。在文化前，支配的一方跟受支配的一方，都應該要平等。唯有這樣，我想這才是真正的一視同仁。」

廣田的眼睛發亮，臉上出現痛快的表情。

「台灣是日本的殖民地。在台灣要實施適合台灣的台灣人教育。日本的統治政策是不是會成功，跟我們台灣人老師，能不能維持自我身分認同，有著密切關係。我希望台灣總督府能注意到這點。」

廣田在大稻埕土生土長，在太平公學校時，學年成績是最優秀的，後來父親運輸業的生意失敗，因想要消解苦悶，開始吸鴉片，結果因而成癮，後來到基隆堀川町的陸軍醫院入院，最後死在那裡，家道因此中落。本來想放棄升學，看不下去的日本人校長，就抽出薪水的一部分當學費讓他繼續讀中學。台北市校長的月薪是八十五圓，但是那位校長有三個孩子，還私人贊助另外兩位像廣田這樣無法升學的貧困家庭子弟。

能入學師範學校也是這位校長當保證人，拿到獎學金才能畢業。從師範學校畢業的台灣人，很多去當老師、警察和醫生。廣田師範學校畢業後，照顧他的校長轉任到樺山小學校，廣田就在樺山小學校被錄用為助理老師，才能就業。後來他轉調到太平公學校，擔任級任老師。

廣田他們的活動，雖然被稱做穩健派教育改革運動，但是跟地下組織的抗日運動家完全沒有連繫。當然也不認識什麼中國間諜。不過特高的有馬，把從事教育改革運動的廣田這些人，當作危險分子在追捕。

「廣田老師，我妹妹在台南的林百貨工作，透過那邊有關係的陸軍少尉推薦，我未經甄試就拿到特別志願兵資格。今天我要回台南，明天就要到台灣步兵第二聯隊入伍。台灣雖然是在日本的統治之下，但是這裡是台灣人的祖國，我會很驕傲自己可以為了保衛祖國入伍。這就跟日本人不同，這就是台灣人的自我身分認同。」義夫慷慨激昂地說道。

廣田握住義夫的手，目不轉睛地緊盯著他看。然後興奮、清楚地對義夫說：

「義夫，我們老師抬頭挺胸堂堂正正地說出我們的祖國是台灣，這樣子教學生的日子，一定會來。到那時候，我們再一起站在講台上吧！」

「廣田老師，加油。在那之前，請保重身體！」

「我也會祈禱義夫在戰地，不會被槍彈傷到！」

兩人互看一眼，雙手緊握，發誓會再見面。走出江山樓的義夫，急忙趕去搭台北車站定時發車的火車。廣田在這天晚上，混入大稻埕的人群中，往九份出發。

第二年的農曆正月，廣田又回到大稻埕，在這裡被有馬逮捕。在特高的嚴刑拷打下，身體終於撐不下去，收監到台北監獄後，在三月病逝。

終戰後的一九四六年農曆正月，在大稻埕第一劇場的竹林中，發現了有馬隼人的屍體。死因是毆打致死。到底是台灣人還是日本人幹的，是地方巡守隊下的手，又或是有馬仇人的犯行，因為大多數日本人警官都已經回到內地，大稻埕當地呈現沒有警察的狀態，所以根本無從查起。在日本戰敗的幾天後，台灣全島的監獄就把曾受過特高殘酷拷問的人全都釋放，這下反過來是特高變成被追殺的對象。有馬太晚往內地逃了，所以在大稻埕被不曉得是誰毆打致死的吧。

十一、神風特攻——特攻飛行兵的布娃娃

在比台灣更南方的太平洋、南中國海海上的戰爭白熱化，這年（一九四四）的六月發生馬里亞納海戰、索羅門群島海戰、雷伊泰灣海戰，日本海軍已然全滅。接下來美軍將審慎思考對台轟炸，台南空的壓力逐漸升高。

十月一日，星期天。茂峰請了半天假外出到林百貨，他跟京子約好十二點在五樓的樓梯前碰面。京子很興奮地爬上樓梯後大口喘氣，調整呼吸，還用手背拭去額頭上的汗水。

「對不起，我又遲到了。」

雖然氣喘吁吁地，臉上還是帶著開心的微笑，看起來應該是一口氣從一樓跑上五樓。

以前有聽說過她們工作時間以外，是不搭電梯的。這是電梯小姐對工作的堅持！

茂峰第一次跟京子一起進到林百貨五樓的餐廳。這天京子值晚班，所以還穿著便服。白色圓領的女用襯衫，搭配藏青色的長裙，衣領上有兩個小緞帶，看起來很有朝氣、可愛。林百貨每年舉辦兩次員工的女裝限時特賣，能便宜買到內地的流行服飾，恣意研究怎樣是品味好的穿著打扮，無負擔地享受穿搭洋裝的樂趣。

林百貨五樓餐廳向來都以能從高層眺望的美景自豪，極受歡迎，所以午餐時間總是客滿，非常熱鬧。像今天這樣的週末，客人排隊等待用餐。還好京子事先跟餐廳經理訂位，他們被帶到在象徵林百貨的圓形窗旁的小小桌位。從窗戶往外看，可以清楚地看到對面的銀行石柱上刻著惠比壽神像，銀行上空是廣闊清澈的藍天。

女服務生取來菜單。茂峰點了咖哩飯，京子點了蛋包飯，據說這裡的咖哩飯和蛋包飯很有名也很好吃。京子認識這裡的女服務生，京子一邊笑一邊跟對方說了些話。京子喝了一口放在桌上的杯水，再用白色餐巾擦拭杯子上沾到的口紅。紙上沾到的口紅顏色，是開在鳥居上九重葛的紫紅色。

「這是屋頂上開的花的顏色啊。」

「怎樣，適不適合我？我在一樓的化妝品賣場找到的。日本做的口紅，顏色很多耶。」

「非常適合。」茂峰認真地實話實說。

京子開心地微笑。

「哥哥的事情，很謝謝你。」

「你哥哥能平安入伍，真是太好了。」

京子的表情一斂，眼睛閃閃發光認真地說：「不是啦，你擔心我，我很高興……」

京子直接訴說自己的心情說，茂峰也直率回應。

「我一定會保護京子的！」

「啊？」

因為這句話強烈的衝擊，京子的臉頰微微泛紅，她低下頭等著告白。周圍的雜音消失，兩人間的沉默持續著，京子聽到自己的心跳聲。

茂峰的呼吸變得紊亂，他疑惑現在是不是應該告白，臉上浮出為難的表情。正當茂峰鼓起勇氣，說出「京子，我喜歡你」的瞬間，京子抬起頭笑了起來。

「我給水戶的姊姊寫了信。」

尷尬的氣氛瞬間改變，京子拿出放在胸前口袋的信。

信封上寫著「給恭子姊姊，台南的京子筆」。

京子擔心如果沒有辦法通過軍方的檢閱，會給姊姊添麻煩，希望能事先確認。京子從信封裡，抽出信來交給茂峰。

「可以讀嗎？」

「嗯，因為要檢閱，我也不想給姊姊添麻煩。」

茂峰展開信，綻開笑容，放聲念了起來。

第一次給您寫信，您好，我是台南的和田京子。秋天的水户現在應該開滿紅色的楓葉，一定很美。台南現在還是夏天，街上開滿不同顏色的花。林百貨的屋頂上有個小小的末廣神社，現在鳥居旁開滿鮮豔紫紅的花朵。我跟茂峰先生在我休息的時間，在那裡一起吃過甜點。

我的工作是在林百貨當電梯小姐。今年五月，很偶然的機會下遇見茂峰先生。他讓我看了他一直很寶貝的姊姊照片。看了您的照片，覺得我竟然跟姊姊長得這麼像，連我自己也非常訝異。

我有個跟茂峰先生同年的弟弟，他也和茂峰先生一樣溫柔。前幾天，我在畢業的國民學校校園裡，和活力十足的小朋友們一起唱了富士山的歌。

茂峰先生很健康。請不要擔心，希望姊姊也一切安好。

昭和十九年十月一日　和田京子

茂峰念完後，笑著把信放回信封袋。

「這個內容，讓軍方檢閱沒問題的。正好明天有郵政飛機要從台南空飛往內地，姊姊大概下週就會收到。你有寫上林百貨的地址，姊姊應該會馬上回信，然後寄到林百貨給京子小姐。」

「她會怎麼回呢？雖然很期待，但是……有點怕！」

京子像孩子似的，邊講邊左右搖晃身體，很是高興的樣子。今天的京子又活潑、又可愛。

「啊，對了，也要把這個放進信封。」

茂峰覺得不曉得在哪裡見過的，一張摺疊起來的白紙，京子把它交給茂峰。

「對了、對了，今天還有特別的禮物喔。」

京子拿起放在地上，一個上面畫有林百貨的紙袋。

「來，給你的禮物。」

京子揚起輕快的聲調，笑著把禮物送給茂峰。紙袋很大，裡面只放了一個小布娃娃。

京子收集家裡剩餘的布料，每晚一點一滴親手縫製布娃娃，大小約莫是手掌大。仔細看的話，布娃娃穿著林百貨電梯小姐的制服；還戴著小小的帽子，模樣可愛。

「這個布娃娃是我喲，連名牌都有。」京子得意地說著。布娃娃的左胸上有個小小的名牌，上面用細紅線繡著「京子」。

「這是當護身符用的布娃娃。我聽說台南空的飛行兵，每個人都有。」

「好可愛呀，這真的是京子耶。」

「我來保護茂峰先生。所以……請帶著我一起上天空。」

京子邊說邊指著圓窗外的天空，微笑著。

茂峰一直看著布娃娃，接著把布娃娃放在手心上，因為想事情而有點把眼睛瞇起來，說道：

「很多加入神風特攻隊的十六、七歲的少年飛行兵，他們駕著載有二百五十公斤炸彈的零戰，手裡緊握著媽媽給的布娃娃，把布娃娃當成媽媽，才有勇氣，往敵人的航空母艦撞下去……」

聽完這話，京子突然站起大喊，「不要！不要～」接著放聲大哭，整間餐廳都能聽到。

「絕對不要，你不可以死。」京子哭到喘不過氣，她吸了一大口氣，張嘴就說，「你不要丟下我！」

嘈雜的餐廳，頓時一片寂靜。眾人注視著站起來的京子，經過的女服務生馬上趨前詢問。

「京子小姐，怎麼了？」服務生望著京子的臉，很擔心地問。

茂峰站起來環顧四周，所有人的視線都集中在他們倆。餐廳充滿著緊張的氣氛，剛剛過來站在旁邊的女服務生尷尬地走開。

茂峰走到京子這端示意要她坐下，兩手還強迫地壓了壓她的肩膀。京子反而更大聲地站著哭了起來，茂峰難為情地環視一圈，焦急地對京子說：「戰爭結束後，我們一起回水戶吧！」

茂峰看著京子的眼睛，用堅定的口氣說出決意。京子聽到後不可思議地止住哭泣，像小孩子一樣用手心擦掉眼淚，身體趨前向著茂峰，抬頭看著他說：

「真的喔……我等你。不要放下我一個人！」

京子的回應大聲到整間餐廳都能聽到，她倏地坐了下來。

餐廳裡逐漸可以聽見每桌交頭接耳的聲音，慢慢地恢復到原先的熱鬧，京子的臉像火燒一樣發燙。

「絕對要帶我去喔，約好了。」她斜著臉有點像在偷看似地望著茂峰。

「我發誓！」京子伸出右手小指，茂峰戰戰兢兢地也伸出右手的小指，兩人伸出的小指打勾勾。

兩人臉靠近，小聲地唱，「小指打勾勾，說謊的話要吞針千根♪」

京子勾住茂峰的小指，用力到會痛，但很高興。

「約好了喔！」京子終於恢復笑容，茂峰也跟著笑了起來。雖然是小指，但茂峰第一次碰觸到京子的肌膚，十分雀躍、心跳不已。

看著這整個過程，突然從鄰座響起鼓掌聲。是一對高齡的台灣人夫婦，他們不斷點頭，微笑地看著京子跟茂峰兩人。

方才來關心的女服務生跑回廚房，對著裡邊的餐廳員工，很得意地說：「京子要結婚了！」

聽到這話的其他員工，跟從廚房裡出來的廚師聚在一起議論紛紛。

「誒，京子要結婚了，跟那個飛行兵。」拿著平底鍋的廚師說。

「要結婚的話，跟我比較好。」

「你這傢伙不是已經結婚了嗎？」

才從廚房跑出來的洗碗阿姨說：「終於輪到我了，這樣我就可以變成嚮往的電梯小姐了。」阿姨高興地跳了起來。

經理靠近說，「都有三個小孩了，不可能當電梯小姐的啦。」

阿姨像洩了氣的球，拖著長靴的腳步聲，又回廚房去了。

「大家別偷懶了，回去工作！工作。現在是最忙的週末中午呀。」

聚在一起的眾人紛紛表示「希望京子能幸福」！

京子要結婚的事，一瞬間就在林百貨的員工間傳了開來。

十二、翺翔——台南空少年飛行兵

十月八日星期天，茂峰跟京子約定在戰爭結束，要帶她到水戶去的一週後，京子提議邀請台南空的少年飛行兵，到林百貨接受招待。茂峰和京子要結婚的事傳開了，為了慶賀這樁喜事，李課長也贊成並實際執行這個提案。京子的店內導覽，還有午餐招待他們在五樓餐廳享用咖哩飯，則是由社長決定。

招待的客人有台南空杉浦隊的岡村、青木和高，以及鬼里隊的高橋、清水共五人，另外還有茂峰跟鬼里。鬼里後來臨時腹痛缺席，不過其實是因為要當課外教學領隊這種事情，讓他分外痛苦。這天的午前，林百貨屋頂上的重機槍要檢查整備，金城在九點就到台南空迎接，大家一起搭卡車到林百貨。

少年飛行兵從早上就慌慌張張。吃完早餐全部整理準備好，早上八點就在營門口等待。茂峰在九點的十分鐘前抵達，被所有人說遲到了，還嘲弄說會被「啪打」。九點整，金城準時把卡車開到營門口。帝國陸軍是嚴守時間的。

從卡車上跳下金城分隊五名隊員，排成一列橫隊，少年飛行兵也靜止不動列隊。金城向前走幾步站定，接著岡村開口大聲發出號令「敬禮！」所有人都立正敬禮。

「台灣步兵第二聯隊，金城和夫少尉同行，一起到林百貨。」

「非常感謝您用心接送。」

禮畢後，少年飛行跳上卡車等著出發。卡車奔馳在滑行跑道跟蔗田間的道路上。茂峰和金城坐在前排，後座是金城的部下和少年飛行兵在開心交談。看到路過的卡車，孩子們都揮起手來。

十月初的台南，終於收起悶熱暑氣，開在街上的花開始變了顏色。和風優雅地吹拂著，送來新開的花香。

卡車抵達林百貨，金城隊繞到後門上樓頂。

在林百貨的入口前，立著寫著「歡迎　台南空少年飛行兵一行」的看板，李課長和約十名的一樓店員列隊歡迎。

「歡迎光臨。」

歡迎的呼聲響徹心扉，茂峰和少年飛行兵們都是初體驗。

六人整隊後，在岡村的號令下回禮。少年飛行兵初次進到百貨公司，睜大眼睛、四下張望。京子在電梯前等著，制服因換季從短袖變長袖，顏色從淡藍變成深灰色，裙子也稍微變長了些。

京子展現了至今從未見過的美好笑容來接待。

「歡迎光臨，我是電梯小姐的和田京子。」京子左手拿著小旗，在頭頂上方迅速展開旗面，在跟這天台南天空同色的淡藍紙上，用粗粗的黑字寫著「台南空　少年飛行兵」，圍繞在文字四周的是，用蠟筆畫著的七人肖像。

畫了飛行服戴著飛行帽，每個人臉上的表情都不同。少年兵們看見後，用手指著，吵鬧地發表意見。

「這是我。」

「你在這裡。」

「這是鬼太郎，一看就知道。」

「這個臉上長青春痘的是青木。」

「這是杉浦小隊長。」

「不對，杉浦先生是這個。」

京子指著最左邊的圖。

「真過分，只有小隊長有綁領帶。」

在林百貨，重要的顧客來訪時，都會製作這樣的旗子歡迎。今天的旗子由京子親手製作，肖像也是她畫的。計畫預定是先搭電梯到四樓開始店內導覽，往下繞各層樓後回到一樓，之後再上到五樓的餐廳享用午餐。

電梯門打開後，少年飛行兵畏懼地跨出單腳，輕手輕腳在車廂內站好，一瞬間安靜下來。他們雖然知道螺旋槳的旋轉讓零戰起飛，但卻不知道電梯上升的原理。因為第一次搭電梯，顯得有點不安。裝著玻璃的電梯門關了起來。

「今天來光臨林百貨，真是非常感謝。由我，和田京子來為各位導覽。」京子的聲音突然一變。

「現在前往四樓。」京子把升降操縱桿往右一扳倒後，發出很大一聲「喀噠」，車廂上下劇烈震動起來。

「哇——」青木害怕地哀嚎起來，整個人貼在車廂牆上。

電梯緩緩上升。高橋和清水，兩人牽著手有點發抖。高一直瞪著天花板，岡村則看著京子的臉。

京子想緩和大家的緊張，微笑地對著大家。快到四樓前，京子把升降操縱桿慢慢地扳回到中間。

「喀噠、喀噠」車廂搖晃一陣後，剛好停在四樓。

「哇——要掉下去了！」青木拔高聲音，高橋和清水緊緊抓住他。

電梯門一打開，所有人都往外飛奔出去，少年飛行兵們一齊倒坐在電梯口。

京子和茂峰互看，忍住了本來要噴出的笑意。

「各位，今天午餐我們為大家準備了本公司很有自信的林咖哩飯，大家都可以自由續飯喔。我們多走一點，讓肚子更餓一些。」

京子這番話，讓所有少年兵馬上站了起來，微笑地互望。

京子左手拿著旗子前導，後面六個人跟著繞。

四樓是家具、家庭用品、書籍跟文具的賣場，這層樓販賣的家庭用品，幾乎都是日本人常用的商品，生活方式不同的台灣人，會使用到的家庭用品比較少。少年飛行兵好像不太有興趣，就下樓到三樓的和服、男裝以及男鞋、男士百貨、珠寶飾品、鐘錶的櫃位。少年飛行兵們的衣服由官方配發，對這裡也沒有興趣，反應冷淡。

二樓是販賣女裝、女鞋、包包和婦女百貨跟兒童用品。茂峰這時還沒從三樓下來。少年飛行兵一個月有十五圓到二十圓的薪水，這天大家多少都帶了點現金。清水想幫媽媽買包包，正在找尋合適的商品；高橋拿著一雙女鞋，請京子幫忙穿穿看。

「我姊姊跟京子小姐大概差不多高。京子小姐如果能穿的話，那我想我姊姊也能穿。」

「要送給很照顧弟弟的姊姊呀。」

「我有個姊姊，本來還有一個在她之後出生的哥哥，但一出生就死了，連名字都沒有，爸爸為他取名一郎。我雖然是長男，但叫二郎。姊姊把對死掉的哥哥的那份疼愛，也都加在我身上。我很喜歡我姊姊，從十四歲進到預科練以後，已經三年沒見到姊姊。我要買這雙皮鞋，下次過年回去時送給她。姊姊開心的表情，是我現在的生存意義。」

「姊姊幾歲？」

「二十五歲。去年結婚了，但是她先生今年六月在塞班島戰死了。」

「問了讓你難過的事情，不好意思。」

「沒關係。因為我一直待在台南空，完全不認識姊夫。」

「這個鞋子怎麼樣？我來穿剛剛好，而且皮鞋穿久了會比較鬆一些，應該沒問題。」

「鞋子跟地板同樣是灰色呢。」

「林百貨的地板是灰色和橘色的市松模樣（譯註：一種像西洋棋盤顏色交錯的樣式），我的鞋子是橘色，這雙鞋子的灰色很穩重、很漂亮喲。」

「那麼，我買這個。我想早一點看到姊姊穿這雙鞋子的樣子……」

「等一下，我幫你去講價。」

高橋抱著用林百貨商標包裝紙包著的鞋盒，和京子一起往一樓下去。

一樓陳列著林百貨賣得最好的商品，顧客又多又雜。百貨公司入口附近是化妝品賣場，接著是酒類、食品和內地的特產品，再來是甜點賣場，少年飛行兵們都很喜歡這個賣場，在甜點架子旁邊放著試吃的甜點，他們開心地試吃。所有人都買了好幾種甜點。

在甜點賣場的女櫃員，大家叫她「小愛」，跟少年飛行兵約莫同齡，頭綁辮子的可愛圓臉女孩，青木和岡村開口跟她搭話。小愛的日本語不如京子流暢，不過還能理解說話的內容。

「小愛，你最推薦的甜點是什麼？」

「花林糖饅頭。」她眼含笑意地微笑回答青木。

「精煉的台南黑糖，跟甜度控制得剛好的饅頭一起用米油煎炸，台南只有林百貨在賣喲。」

介紹後小愛微笑地看著兩人，青木吃了試吃品。

「本店最受歡迎的花林糖饅頭，一個五錢喲。」

小愛講完拋了媚眼，燦爛地微笑起來。

「那我買兩個。」

「那我買三個，一個給小愛當禮物。」

青木和岡村很開心地跟小愛講話，高平山突然用台灣話插話。青木和岡村直接對高平山說這樣不公平，通常這時候就會開始吵架，但是今天高平山卻笑笑地離開。

高橋抱著鞋盒站在化妝品賣場，叫京子來看口紅的顏色。高橋想買來送給媽媽，但是顏色太多，不曉得要買哪個比較好。岡村、青木跟清水看到，也跟著過來挑選。

在內地化妝品是奢侈品，一般店面已經沒在販售。京子幫大家選了年齡適合的顏色，每個人都各買了一條。高平山說媽媽不需要化妝品，所以沒買，但也買了甜點跟台南名產。高橋幫姊姊買了皮鞋，清水幫媽媽買了黑色側背皮包。

「現在媽媽在做什麼呢……」清水看著剛買的包包喃喃自語，眼中閃爍著小小的淚光。

高平山從二樓下來，幫媽媽買了背袋，高媽媽現在用的背袋是手編的，高買了帆布背袋，防水又特別耐久。

「我都可以看到高媽媽笑了。」

岡村手拿著背袋，一直點頭。

好不容易買好禮物，但這些物品都沒辦法送到內地，在軍方的檢查下，會被當成奢侈品沒收。下次過年放假回內地時，可以當伴手禮，在那之前就放在台南空保管；少年兵都寫先寫信回家，告訴家人今天買了什麼伴手禮，讓家人滿懷期待。

到了中午，少年飛行兵在一樓電梯前集合。茂峰不曉得買了什麼東西，終於從三樓下來。少年飛行兵全都跟電梯保持距離，可以感受到他們的排斥。

京子察覺到了，就說：「各位，到五樓我們不搭電梯了，來比賽爬樓梯吧！」

講完話後，京子馬上脫掉鞋子，赤腳做起伸展運動。

「第一名的，我請吃冰淇淋！」

少年們不知道冰淇淋是什麼，但是因為京子熱情興奮的話語，所有人都把鞋子拿在手上，赤腳準備。

高平山拿出挾在腰間的手帕，綁在頭上當成纏頭巾。眾人都眼睛發亮，準備比賽。京子舉起小旗子。

「開始！」京子大聲地發號施令，揮動小旗子。在狹窄的樓梯間，七個人往上跑。跑在前頭的是高平山，背後跟著青木。清水張開雙手要妨礙其他人。

「下流！犯規。」在樓梯間裡響起罵聲。

他們彼此互相阻礙，比賽變成遊戲。岡村摔倒在樓梯跌了下來。接著摔倒的高橋也跌了下來，他還為了要撿掉落的鞋盒又回到樓下，茂峰從最後面跑著追趕上來。到了五樓時的第一名是京子。

所有人都氣喘吁吁，心臟像是要從喉嚨吐出來似的。呼吸急促，還有人用放在腰間的手帕擦汗。等過了一陣子恢復平靜，所有人互看大聲笑出來，京子也是。

「這樣子肚子餓了吧。請往食堂移動。」李課長一直等在餐廳入口。他帶著大家到能欣賞窗外街景的大桌。窗戶面向海的那方，可以看到畫面中間就是台南空，從這裡能看到像螞蟻一樣小的飛機在飛。少年飛行兵們並未就坐，從這扇窗戶跑到那扇，開心地欣賞著眼前不同的景色。

咖哩飯放上桌子，這是林百貨最受歡迎的林咖哩飯，這時林慧（譯註：原為假名「林とし」無漢字）社長來致詞歡迎。公司是一九三二年十二月五日開業，創辦人是她的丈夫林方一社長，卻在開業的五天前病逝，所以這家百貨公司一直是由夫人林慧一手經營。在開戰的第二年，四個兒子都回到東京，她在同年齡的少年飛行兵身上看見自己兒子們的影子，馬上贊成京子提的招待案。

少年飛行兵全都倏地起身，在岡村的號令下鞠躬答禮。

「少年飛行兵的各位，歡迎來到林百貨。今天就把這裡當成內地，回到過去快樂的少年時光。用完餐後，我會招待冰淇淋。請大家慢慢享用。」

社長請他們冰淇淋當點心，是誰都沒吃過的東西。到底是什麼味道，或什麼顏色跟形狀，一概不知。少年飛行兵表達謝意後，在岡村的號令下深深一鞠躬，立刻坐下吃起咖哩飯。

京子則和茂峰一起注視少年飛行兵們。

「我第一次吃到這麼好吃的咖哩飯。」高橋開心地看著京子說道。

「這比台南空的海軍咖哩飯還好吃。」滿臉青春痘的青木，臉上沾著咖哩飯說著。

因為飲食習慣的不同，對高平山來說，咖哩飯有點辣，讓他一直流汗一直喝水。

岡村是在長野縣的山村長大，青木則是出身千葉縣的漁村。聽說鬼里的部下，高橋和清水也是在鄉間長大。他們的家鄉，沒有裝電梯的大樓，連這樣的百貨公司也沒有。比起來的話，台南的近代建築反而比較多。對他們來說，台南是不輸給內地的大都會。

今天簡直就是國民學校的遠足，大家全都回到單純的少年時光。茂峰看到他們快樂的笑容，都希望他們可以把在這邊為內地家人買的伴手禮，平平安安地帶回家。雖然沒見過他們的父母手足，但是如果他們看到自己的孩子這樣活潑，想必會安心吧。這時，茂峰想起當初強烈反對他入伍的姊姊，那擔憂的心情豈不是跟自己現在一樣嗎？茂峰終於完全瞭解姊姊的心情了。

「水戶的姊姊，今天也在擔心嗎？」姊姊的臉浮現在眼前。

所有人都再添了一碗咖哩飯，餐後出現了第一次吃到的冰淇淋。清水張大嘴一口氣吃掉冰淇淋後，動作凝結；因為太冰，好像把身體凍住了。「這麼冰又好吃的東西，台灣也有啊。」

愉快的用餐時光結束。

所有人往金城在等的屋頂上去。少年飛行兵們因為吃太多，爬樓梯的腳步顯得有點沉重。京子要到員工餐廳用餐，她說用膳結束也會到屋頂。京子經過往六樓的警衛亭前，走近茂峰抓住他的手，「這是給姊姊的禮物。顏色跟我的口紅一樣。」

京子說完就把小紙袋交給他。茂峰收下後放進軍服右邊的口袋，從左邊口袋拿出一個小盒子。為了要掩飾難為情，茂峰尷尬地笑著，低著頭把小盒子塞到京子的制服口袋。京子錯愕地看著，茂峰轉身向後揮手，從樓梯跑上去。

警衛亭的窗戶突然打開，老警衛露出臉來說，「恭喜。」

京子被突然來的一句話弄得不知所措，微笑低頭離開。

金城跟五名部下在屋頂等著。重機槍的檢查整備，在早上結束訓練後沒有收回倉庫，先放置在原地。少年飛行兵們聽完金城詳細解說武器後，實際操作體驗，接受現場訓練。

林百貨位在被稱為「台南銀座」最繁華的市區。在這裡無法做實彈訓練，除非真正發生戰事，否則不可能開槍。迅速的行動攸關性命，需要時常反覆操練來準備實戰。對少年飛行兵們來說這種訓練也不可或缺，但因為種種因素，他們的飛行訓練時數很少，要達到對實戰有效的戰力，程度還差很遠。這部分就需要熟練的飛行兵帶領跟保護。

在空戰中，少年飛行兵們要互相協助，互相支援很重要，彼此一定要有信賴跟友情的堅強連結。今天林百貨的接待，提高了少年飛行兵們的同儕意識，讓他們產生團結在一起的強烈感受，這在實戰中會產生效果。

「對不起，我來晚了，要在哪裡拍呢？」金城有請偕行社攝影班來拍照。海軍有水交社，陸軍是偕行社，這些單位設置在軍官交流的地方，現場也賣著各種軍需品。在台南有水交社也有偕行社，台南偕行社位於台南公園，一棟和洋折衷的建築。

那裡的機關報發行部工作人員曾採訪，把林百貨重機槍隊的照片，刊登在陸軍偕行社的機關報上。扛著照相機的偕行社攝影班，邊擦汗邊架起三腳架。這時京子和李課長也陸續抵達，金城說要把屋頂上的所有人都拍進去。

金城的部下從倉庫搬出椅子，把末廣神社當背景，所有人排排坐。鳥居裡的九重葛盛開，應該可以拍出一張明信片般的照片。在隊伍最前方放的是重機槍，前排中央坐著金城和茂峰，左邊站著金城的部下，右邊站著的是少年飛行兵們。京子站在茂峰的後面，李課長站在金城的後面。攝影師在對焦時，少年飛行兵擺出各種姿勢玩鬧著。

茂峰回頭仰著對京子說，「京子小姐，今天非常謝謝。」

京子嫣然微笑，悄悄地把左手放上茂峰的肩膀，無名指上金戒指閃閃發亮。茂峰摸著戒指，望著京子的眼睛，喃喃低語：「我們下次正月過年，一起去水戶吧……」

京子深深地點了頭，臉上浮出溫柔的笑容。

「這是機關報《偕行社記事》拍的照，會向全國部隊發布，陸軍會進行新聞檢查，還請大家端正姿勢，表情嚴肅，麻煩各位了。」

聽到這個，所有人的表情都緊張、嚴肅了起來，想把認真的表情，傳達進相機裡去。

「那，我喊一、二、三就拍囉。好，一、二……」

喊「二」的時候，京子把拿在手上的台南空少年飛行兵的小旗，在茂峰的頭上倏地展開。喊到「三」的時候，快門的聲音在屋頂響起。可惜後來這張照片被陸軍檢閱官，蓋上了「不許可」的印。

十三、血戰——台南海域空戰

少年飛行兵到林百貨接受招待的四天後，十月十二日，星期四，早上七點。台南空的戰鬥指揮所接獲偵察飛行隊的報告：大編隊的美軍戰機通過台東，正往台南飛來；市內街道各處，響起了空襲警報。

「敵機來襲、敵機來襲。」

「部署最高戒備。」

這是台南空第一次，發布戰鬥命令。

台南車站馬上發出緊急避難的廣播，美國大編隊的軍機就要來襲，怕造成重大損害，要求所有乘客往月台下的地下連通道避難。早上這段時間的乘客最多，台南車站因為廣播而一片混亂。

裝好機槍彈的零戰，陸續離陸起飛進入接戰狀態。

敵機的大編隊逼近。

乘客中有些人不去避難，反而跑去車站的二樓往天空看。台南車站二樓有鐵道餐廳和鐵道飯店，從那裡可以看到整片市區的天空，想要觀看零戰跟美國軍機空戰的人，全都跑了上來。這時晚班剛下班，京子的父親順德也在這裡。

剪票口上的圓形大鐘指著七點十分，廣播員對上到二樓的乘客們說：「二樓危險。請儘速往地下通道避難！」站務員不停呼籲大家避難，在站內候車區裡站滿了不知道要不要逃命的乘客。

天空低垂著薄雲。台南空的滑行跑道上，響起零戰的引擎音。跟美軍的習慣不同，日本飛行兵沒有專屬飛機，跑到最近無人駕駛的零戰就坐上，一個接一個升空準備迎戰。茂峰把岡村、青木和高平山集合在滑行跑道，杉浦隊三人整齊列隊。他們已經做好出擊的準備，高平山把媽媽給的千人針布條纏在肚子上；都還是十七歲的少年，卻看到平常感受不到的肅殺。

站在零戰另一端的鬼里小隊長，對著列隊的高橋和清水，還有另外兩名十六歲的少年飛行兵交待命令。鬼里在腰帶上插著短刀。鬼里小隊一共五機，他比平常更大聲地喊著：

「聽好！敵機從台東上空逼近。再過三十分鐘左右就會飛到這裡。熟練的飛行員先起飛升空，你們最後才飛。接下來是你們第一次的空戰。由我來前導。你們幾個好好地跟過來。」

「是！」

「你們是光榮的日本帝國海軍台南航空隊的飛行兵。」

鬼里在這瞬間環視著少年飛行兵的臉，少年飛行兵們全體注視著鬼里。

「不惜命，要惜名！別忘了大和魂！」

「是！」

「好！走吧，出擊！」

在引擎聲中，茂峰也用無法掩蓋的音量，清楚地傳達命令。

「命令！杉浦小隊以三機去殲滅敵機。岡村和青木登機，高平山留下！」

聽到這，高平山大聲地對茂峰吼起來。「小隊長！為什麼不讓我飛？因為我是台灣人嗎？我是日本男兒！我有不輸給任何人的大和魂！」

茂峰瞪著高平山，把雙手放在他的肩膀上。

「聽好！高平山二飛曹，這是命令。你沒有可以飛的零戰，留下！」

高平山的眼睛泛起淚光，他咬緊牙關，忍下不甘心，想要把手中的布娃娃交給茂峰。

茂峰從胸前口袋，拿出照片和京子給的布娃娃。

「這是京子小姐。接下來我跟她一起飛。」茂峰以笑容回應。

「真的是京子小姐耶，好像啊。」看到布娃娃的青木驚訝地說。

岡村靠近說，「高平山，你那個布娃娃給我吧。比起青梅竹馬的小鈴，高的媽媽一定比較強。回來就還你。」

岡村拿走布娃娃，把它吊在左胸降落傘的背帶上。青木從胸前口袋拿出一張泛黃褪色的照片。

「我的情人是明日待子小姐。」

岡村看到後，眼睛一亮跳了起來。

「紅磨坊新宿座，最受歡迎的明星！」

青木把照片拿在右手上，讓大家看完後馬上放回口袋。四個人面對面笑出聲音，這不是強顏歡笑，而是自然的笑容。他們緊閉雙唇立正，收起心情，互相敬禮。

「出擊！」茂峰的命令清楚傳遞。

三人各自跑向零戰。京子和高媽媽的布娃娃也都晃著，一起進到零戰的駕駛艙。茂峰、岡村和青木，這時都已無懼死亡。

旁邊的鬼里打開座艙蓋，拔出短刀大幅度地揮舞，邊開始滑行，刀身閃閃發光。

高平山摘下戴在頭上的飛行帽，「祈求您武運長存！」他大聲喊叫著，並用力揮舞飛行帽。

茂峰在駕駛座上看見高平山，「高平山，你有卓越非凡駕駛技術，跟不輸任何人的膽量。但是你的莽撞跟毫無謀略，對一起飛的夥伴來說很危險。」

深深吸氣後緩緩吐氣，茂峰遠遠地說：「將成為特攻隊員的你，不要把死亡當作生命的意義。要留著命戰鬥！」

茂峰開始滑行。在清晨的冷空氣中，感受到赤忱熱情。岡村跟在後面滑行，接下來是青木。

高平山揮舞著飛行帽，邊在滑行跑道上跟著零戰一起跑。眾人的身影起飛後，就在空中急遽地變小、消失。

從台南空滑行跑道，陸續飛起迎擊敵機的零戰。在海灣上空已經可以看到先遣部隊的小小敵機。地面的防空高射砲部隊，開始發出猛烈的對空射擊，海面上像是掛了一片黑色簾幕。先起飛的零戰，都正往那裡全速前進。

這天，出現在台南海域的敵機是F6F艦上戰鬥機，共有四十架，這款被稱為「地獄貓」的戰機，是零戰的最強勁敵。它由格魯曼公司製造，是提升了飛行性能的最新銳戰機。從台南機場升空，再加上高雄航空隊，總計迎敵的零戰有三十七架，全都明顯是舊款的零式艦上戰鬥機。許多都是從索羅門群島，和南方前線回送的中古戰機，和戰鬥相關的功能雖然已修復，但是都還在調整中，無法完全發揮原本的性能。

先起飛的幾架零戰，在台南海域上空跟敵機展開激烈的纏鬥。台南空的滑行跑道上，有才剛結束不滿半年飛行訓練，技術都還沒成熟的，十六歲少年飛行兵駕駛的兩架飛機，滑行準備起飛。先升空的茂峰警戒著敵機的襲擊，在滑行跑道上空戒備著，從海面上來了兩架敵機往這兒飛。岡村上升後迴旋，往茂峰的正左方靠過來跟著，看得見岡村有點緊張的臉。接著是青木往茂峰的右邊排列，升空的三架飛機很快到齊。杉浦小隊在滑行跑道上空組成編隊飛行，再往上五百公尺的天空，還有先起飛的鬼里小隊長在戒備。正在升空的高橋和清水，過不了多久也會跟鬼里的零戰並排。

零戰最致命的缺陷是無法用無線電通信。無線電通訊器材故障，但是因為內地零件供應困難，所以都無法使用。準備了聯絡用的小黑板和粉筆，可是因為不容易看清楚，都沒怎麼用。大家都是接近之後用手揮動，以手勢打信號下指示。

「加油，別分心！」茂峰向高橋和清水揮手呼應，接著對飛在上空的鬼里微微行禮。

「鬼里太郎小隊長，對少年飛行兵的掩護，就交給你了。現在杉浦小隊往海面飛。」

茂峰為了要讓岡村和青木看到，用左手食指指向海的方向。

「跟我過來，別離隊！」兩人對茂峰答禮，表示瞭解。

三架飛機仰起機首，往台南海域上空的戰場飛去。

兩架敵機侵入飛行跑道上空，敵機從上空看到空隙想要發動攻擊。在敵機前露出機背，會陷入不利情況，下方有少年飛行兵正要離陸起飛，就完全處於這樣的無防備狀態，成了最好的目標。敵方二機看到這樣的目標，急速降下。在上空的鬼里，完全來不及掩護。只見到如雨般的火線，噴向正要起飛的零戰。敵機一攻擊零戰後，就脫離戰場。少年飛行兵一個接著一個成了靶，中彈後噴出火光，不久就在滑行跑道上，陸續被那兩架敵機擊落。

鬼里向著敵機尾部追擊，無間斷地連續掃射，中彈的敵機垂直掉在滑行跑道，跟被擊落的零戰並排一起燃燒。

「看我的，鬼太郎登場！」

鬼里解決了一架擊毀少年飛行兵的敵機。在滑行跑道上空，又有新的敵機侵入，高橋和清水發動攻擊。鬼里迂迴攀升前去支援。

「我死也要守住你們！」

鬼里的眼睛發亮，在爬升中往敵機的機體連續猛烈地射擊；可惜都還在射程之外，子彈就往右偏了。迴旋之後轉進敵機後方，想要抓住它的尾巴。敵方的機動性很高，對方應該是有兩千小時以上的飛行訓練，又有實戰經驗的飛行員，駕駛技巧十分高明。以高橋和清水兩百小時的飛行程度，被敵方抓到尾巴一定甩也甩不掉。他們兩個危險了。

茂峰、岡村、青木，在兩千公尺上空決戰，沒有取得高度就無法打空戰。眼前一千公尺的下方，正展開激烈的格鬥。茂峰跟岡村、青木橫排成一列，決定狙擊一架敵機，就用手指出那架敵機。三架飛機一齊急速下降，重力加速度讓身體沉重、痛苦。敵機還沒注意到他們的急速接近，青木太急了，還在射程範圍外就開槍射擊。

「別射……還早。穩住、穩住！」茂峰不耐地發出「嘖」聲，並且大聲喝斥。

進入射程內。三機一齊連續掃射，一擊後就脫離戰場。所有子彈全部打中敵機後，爆炸、崩解，墜入海中。以編隊行動成功擊落敵機，接下來就是三機維持編隊，來提升戰果。

茂峰又再爬升，準備重新調整態勢，岡村跟青木卻脫離了編隊。青木在正下方被兩架敵機包夾，陷於苦戰。青木則是在脫離戰場的時候，陷入了敵方編隊群中。

「青木，我來了！」

青木的飛行時數還很短，只會基本的戰術。但是敵機的空戰機動能力很強，實力的差距一目瞭然。青木危險了。

「敵機繞到你後面了。甩掉它！」

青木扭轉零戰的方向舵，平移機首橫移飛行，拚命地想躲開敵方的射擊。

這是高難度戰技的橫向滑行。他是去哪學的?茂峰很是興奮。

「別沮喪，繼續加油！」

茂峰急速下降。對著咬住青木機尾的敵機狙擊，逼近到敵機後方三十公尺，完全咬住對方機尾。前方的敵機切開空中氣流產生的後渦流，風將茂峰的機體激烈搖晃咯咯作響。敵機注意到茂峰的奇襲，往右急迴旋避開。從茂峰的奇襲中逃掉的對手，確實技術高超，不能小覷。

「青木，趁現在脫離吧！」

茂峰也馬上迴旋，又抓到敵機機尾。茂峰的體能也夠優秀，敵機往右迴旋的話，茂峰也能往右，以同步動作完全緊盯著想逃掉的敵機。這樣對手是逃不掉的。當敵機在射線（譯註：射擊有效直線及範圍）內的那一瞬間，二十公釐機槍，噠噠噠擊發。彈無虛發。如果像青木那樣一激動，就扣了扳機，對目標無效射擊，最終會剩不了多少子彈的。

此刻雖然命中，不過還不算有効命中。敵機迴旋往上逃逸，想迴轉切到後方。茂峰也跟著迴旋，意圖瞄準敵機的機身。他一到射線位置，便噠噠開火。子彈全部命中。敵機的機首朝下，黑色濃煙拉成一條線，就往海面落下。很快地海面上掀起白色波浪，敵機沉入海裡。

茂峰背向著角度還很低的太陽，從有利的位置轉向下一波攻擊。茂峰警戒四周，他在前方發現敵機。背靠陽光，藏在太陽裡的茂峰，敵機還沒注意到他；進入射程範圍，他還不開槍射擊，直到距離壓近三十公尺。敵機看到從太陽中飛出來的零戰，大吃一驚。瞠目結舌的飛行員看著茂峰的臉，就在這即將擦身而過的瞬間，茂峰開槍射擊。他努力保持身體固定的姿勢，聽見心臟的跳動聲。

噠噠噠！鏗鏗鏗！噠噠噠！

三發子彈吃進機體後，發出鈍重的金屬碰撞聲；如果慢遲了一秒，所有子彈就將射到空中。茂峰往左扭轉切入迴旋，想要繼續抓住敵機後方，逼近追擊再擊落對方，不過視線往前一看，發現台南空上空正在混戰。茂峰擔心少年飛行兵，於是放棄追擊往台南空滑行跑道方向飛去。

空戰首先要找到敵方，從敵機的上方急速下降，一開始攻擊之後就迅速脫離戰場，重複這樣的動作。在被發現之前，要先發現敵機。

不過最新型的F6F戰機，有著結實的機體，和二千匹馬力的引擎，性能遠遠超過零戰。因為美國軍機的進步，使得空戰的戰法截然不同。

本來以為還在上空的敵機，一瞬間就繞到岡村後方；抓著岡村的機尾不放，用機槍連續掃射。岡村左右搖擺機首，想要躲開敵機的射線；他看到有空檔馬上反轉，想要攻擊對手的機尾。岡村躲過好幾次從旁邊射來的子彈，再這樣下去會被擊落的。從右前方上空青木急速接近，往咬住岡村機尾的敵機連續掃射。在岡村機尾的敵機，因為受不了青木的掃射而脫離戰場，再度調整戰鬥態勢，往下迴避。

岡村將零戰一翻轉，整個機身都翻過來，他想確認敵機確實離開。青木射出的子彈不知道到底有沒有命中，但是真的幫了他。機體急速下降。岡村覺得機身的水平怪怪的。海面反射著眩目的朝陽，再這樣下去會被吸進海裡吧。岡村急急地拉起操縱桿，免得墜入海裡。

茂峰升到高空去找岡村和青木。青木追過去往右邊跟茂峰並排。茂峰看得到青木的臉，他用手勢想要傳達機槍子彈見底，子彈都用光了。在射程範圍外亂開槍的話，馬上就會用完的。如果沒有子彈就不能繼續迎戰，茂峰就用手勢向青木指示往滑行跑道方向，要他返回台南空補充機槍子彈後再上來。青木表示瞭解，答禮後，就往滑行跑道開始下降。

逃過敵機追擊的岡村，從後方追向茂峰。岡村的機尾被機槍掃射有幾發中彈，駕駛艙裡飄起汽油味。

「糟了！油箱被擊中，在漏油……」

零戰的機動性很高，是專注在攻擊的戰鬥機。所以油箱上完全沒有防彈設備，如果中彈會很容易就燒起來，簡直就跟一下子就著火的打火機一樣。岡村還好不是油箱著火，如果是，那被引火的曳光彈打到的話，飛機會馬上像火球一樣燃燒起來。再這樣下去，岡村也會因為燃料用盡墜落。所以他也追在青木的後面，向台南空返航。

滑行跑道上有兩架被擊落的零戰，還有被鬼里擊落的敵機，冒著黑煙燃燒著。青木避開了阻擋著陸的殘骸，總算降落。這樣的滑行跑道，就算補充完機槍子彈，想要再離陸升空也很困難。茂峰在滑行跑道上空盤旋，確認青木著陸。

「青木信輔二飛曹，你盡力了，不要再上來了！」

茂峰對青木敬了個禮，同時在左翼發現了往滑行跑道下降的岡村。

「岡村，怎麼了？你飛得有點不穩呀。被擊中了嗎？」

岡村的零戰，從後方油箱漏出汽油，拉出一條長長的白線飛著。

「青木已經降落了，接下來這架也馬上要降落了。」

岡村看著儀表板的油量表顯示油箱已空，螺旋槳還能轉，真是不可思議。滑行跑道就在眼前，降落後這架零戰就再也不能起飛。

高空上，擊中岡村油箱的敵機繼續射擊，對方急速下降後就脫離戰局。子彈全部命中岡村的右翼，右翼從機身撕碎，慢慢地脫離斷裂。零戰像錐子一樣地迴旋墜落，一邊拉著長長的火焰快速旋轉，撞向滑行跑道爆炸後起火燃燒。

在滑行跑道上降落，停在原地的青木，指示後勤兵補充機槍彈。高平山跑向青木。

「青木！岡村剛剛被幹掉了，他被擊落在那邊的滑行跑道上。」

高平山用手指著在滑行跑道上燃燒的零戰。

「後勤，快點補充機槍彈！我要去追那傢伙！」

青木對後勤兵怒吼著，高平山大聲地坐在駕駛艙的青木說：「小林分隊長在叫你，你趕快過去！」

青木聽到後，馬上跳下零戰跑去找分隊長。此時零戰的機槍彈補充完畢，螺旋槳的旋轉狀態也良好。

「分隊長，青木信輔二飛曹，現在為補充機槍彈返航、報到！」青木站在分隊長面前。

這時，青木的零戰靜靜地滑行。

「那在開你的零戰的，是誰?!」

青木一聽分隊長的問話，就往零戰看去，他看到高平山的臉；那張臉照映著像是一隻伸出利爪、展開雙翼，準備獵取獵物、發動攻擊的戰鷹。

「那是……高平山二飛曹。我……我的腳中彈了，沒辦法飛了，所以叫高代替我上去。」

青木分明是跑來分隊長這邊的，竟然還說出這種藉口。

「笨蛋！你這傢伙根本不能命令高平山，這違反軍紀！不過，他竟然可以在飛行跑道上，巧妙地避開燃燒的零戰殘骸滑行啊。」

高平山眼看著岡村戰機的墜落跟爆炸、燃燒，所以他想馬上起飛去擊落對方。坐進駕駛艙後，他依序確認各項儀表指標後開始滑行。

打開的駕駛艙蓋，脖子上纏著的千人針縫的布條，迎風吹起搖晃著。年輕的戰鷹終於要往天空翱翔。

在台南站前廣場，附近居民漸漸聚集，抬頭看著在頭頂逐漸擴大的空戰。這天是台灣的第一次空襲，群眾也是第一次遇到空戰，眾人用獵奇的心態在看熱鬧。

距離地面一、二千公尺上空的空戰，對地面的站前廣場來說並不覺得危險。頭頂上的美國軍機射出曳光彈拉著長長的光線，變成了雨一般的火線，從空中次第落下。隔了一陣子才聽得到的槍砲聲，簡直就像是往一早的天空，打上去的煙火。

在站前廣場，加油跟鼓掌的聲音此起彼落；不分出身地，都在看天上展開的空戰。站前派出所的數名警察走進聚集的群眾，吹著哨子呼籲眾人避難。

「這裡很危險，到車站內避難！」

「會被流彈打到，快回家！」

「趕快去避難！」

車站二樓的餐廳也是人山人海。

「敵機從右邊過來了喔，往上看，迴轉切入，就這裡，開槍呀！」

有人激動地叫著，彷彿自己在駕駛零戰。還有男人激動地敲了前方另外一個男人的頭，就吵了起來。小孩也哭了出來。

車站二樓跟站前廣場也正為勇猛善戰的零戰熱烈鼓掌，歡聲雷動，群眾沸騰了起來。

「好啊！就這樣。」

「不要大意啊！」

「加油、台南空，加油、台南空♪」

台灣人的巡查補用台灣話喊叫：

「你們想死嗎?!」

「回去！快回家！」

車站廣播大聲怒吼著。

「現在、馬上到地下通道避難！」

「這裡很危險，到地下避難！」

激動的車站廣播員，終於也發出了怒吼：

「你們想死嗎？」

但是聚集在車站二樓餐廳和飯店房間的民眾，一動也不動，緊盯著天空看。站前廣場的群眾激動，還有小孩迷路。空戰中零戰占優勢的時候，廣場就會響起熱烈的掌聲。

「果然是台南空，強啊。」

「當然的啊，我明天也要去報名台南空少年飛行兵。」

穿著和服，五十歲左右的日本男人驕傲地說著。

站前的雜貨店挑來裝著彈珠汽水的桶子，一瓶賣五錢，來回地叫賣著。

「甜喔，彈珠汽水，一瓶五錢喔，彈珠汽水、彈珠汽水。」

警察跑過去，往小販的頭敲下去。

正咬著甘蔗，吸著甘蔗甜汁的男人，興奮地把甘蔗往美國軍機的方向丟過去，甘蔗掉下來，正好砸到警察的臉，警察就跑了過來，拔出掛在腰間的佩劍，大聲吼叫。

廣場上早晨的涼風漸漸轉變成午間的熱風，天上地下都炙熱起來。雜貨店旁的照相館一家人，在自家玄關把黑色玻璃底片的乾板拿來代替太陽眼鏡看空戰。旁邊經過賣豆腐的，把腳踏車停下來，用力地按著豆腐店的喇叭，響起嘹亮的喇叭聲。警察也一直在吹哨子。

這是在內地絕對看不到的光景吧。

這裡是熱帶，光與熱的台南。

美國軍機打下來的流彈，擊中車站前高大的大王椰子樹根部，緩緩發出聲響後，就在圍觀的群眾前倒下。

「混蛋，小心點！」

戴著斗笠的台灣人，朝著那架美機吐了口水。

往站前廣場飛來的流彈，被石頭地板彈飛，越過群眾的頭上。

警察喊叫起來。

「快點，逃到車站裡，快逃！」

「在這裡會被殺的！」

「快逃！」

站前廣場的群眾，這時終於知道危險，全湧進站內候車室。直到方才都還是群眾騷動、人馬雜遝的站前廣場，現在空無一人；反而在站內候車室裡大亂，人潮爆滿的車站，窗戶玻璃上貼著好幾層人臉，他們還在看空戰。

激烈的空戰在台南海域上空，和市區上空這兩處持續展開。

地面部隊在林百貨屋頂上架設的防空重機槍陣地，針對低空侵入的敵機準備反擊；對低空飛來的敵機來說，這個重機槍陣地頗具威脅性。

重機槍三腳架的重量需要四個人抬上去，根據敵機的入侵路線架設在屋頂，再架上重機槍後對準，準備射擊。

射手等待著金城的命令。金城拔出配掛在腰間的軍刀，開始指揮；刀身反射朝陽，發出冷冽的青色光芒。一架敵機從消防署方向低空想通過林百貨上空入侵，這是平常訓練時的敵機來襲航道，早已做過多次訓練，絕對不會放過它。

槍口很快對準敵機，但是要等對方更接近一點再打，才會有效果。

「射擊！」金城拔出的軍刀刀尖朝向敵機，大聲下令。射手開始射擊，連續的機槍聲在屋頂上響起。敵機飛過頭頂，機身被子彈連續命中，可以聽到子彈打入鐵板時發出的沉重聲。中彈的敵機馬上燃燒起來，拉出一條黑煙朝遠方而去。

金城和部下一直盯著那架敵機，沒注意到又來了另一架敵機，一邊掃射一邊飛過林百貨的屋頂。屋頂上槍林彈雨，子彈打到水泥牆壁反彈跳起。鳥居開的九重葛被槍彈打碎，在屋頂的樓板上散落一地。金城和五個部下，滿身是血地交疊在一起。

那架敵機開始爬升，這時鬼里的座機從斜對面的上空急速下降。

「鬼太郎的必殺技，機體撞擊！」

他口裡咬著短刀，眼睛睜大，往敵機的側面撞下去。兩架飛機相撞後，發出巨大爆炸聲響，拖著濃煙一起往蔗田方向掉下去。

不久前，在滑行跑道上空警戒飛行的鬼里，眼睜睜看著十六歲的少年飛行兵駕駛的兩架零戰，在離陸升空時被擊落。鬼里的部下，高橋和清水，也在飛行跑道上空的空戰中被擊落，他們跟敵機的駕駛技術有明顯差距。清水在上空接近敵機時，機尾馬上被盯住，想甩也甩不掉。一進入射線內，就被子彈一發發地有効命中，然後噴出火焰；機翼從機身斷開，整台飛機旋轉墜落，撞到甘蔗田後爆炸。

高橋迅速地抓到敵機的後方，追擊掃射；對方中了幾發後，吐出薄煙後躲開、遠去。接下來另外一架敵機，就直接從前方靠近高橋，連續發射。好幾發子彈貫穿前面的擋風玻璃，直接射穿高橋的胸膛，這架零戰一百八十度翻轉，往滑行跑道旁邊的甘蔗田墜落燃起大火。鬼里太慢出現在那架敵機的前方了。如果再早一些的話，高橋就能脫離戰場獲救。鬼里對著敵機的後方掃射後，他扭轉機身閃過。身經百戰的勇士，是有作戰風格的。他吸引著追在後面的敵機，斜斜地後空翻轉還扭轉切入，現在變成鬼里在後方盯著，敵機一進入射線，鬼里就連續掃射。讓擊落高橋的敵機也同樣往甘蔗田裡墜落、爆炸。

鬼里沒保護好兩位少年飛行兵，還有高橋跟清水，總共四個人的性命。少年飛行兵還是練習生的時候，被鬼里用精神注入棒揍了好幾次。在今天的戰鬥裡，鬼里自覺精神不夠集中，才讓四架飛機在首戰就從天空殞落，成了回不去的隊員。他覺得這是自己應該負的責任，無畏地衝撞對方來彌補過失。

在台南車站上空，零戰被敵機夾擊，右翼的前端被擊穿，猛然地迴轉降低高度。前方是被稱做「台南銀座」的熱鬧市區，那邊還有小學生聚集的末廣國民學校；如果墜落在這附近的話，會有很多孩子跟居民犧牲。

駕駛這架零戰的飛行兵，正是台南海軍航空隊杉浦茂峰飛曹長。茂峰在滑行跑道上空確認敵機，操縱桿上綁著京子布娃娃的零戰深受敵機引誘，慢慢地往台南車站方向飛去。他無法原諒擊落岡村，還有其他十六、七歲少年飛行兵的傢伙。可惡，怎麼樣都要把它擊落。

他追到台南車站上空，突然從上空有另一架飛機急速降下，發動奇襲。

「糟了，中計！」

美國軍機是以一架誘敵，另一架伏擊，二對一的方式布下陷阱來作戰。茂峰畫著日之丸國徽的右翼前端被擊穿，機翼被開個大洞，戰體變得很難操縱。手錶指向八點。飛機在台南車站上空的高度還夠高，如果現在跳機的話，還能用降落傘降落；伸手打開座艙蓋，反轉機身，頭朝地面，這樣就能自然甩出身體，降落傘隨即打開。幾分鐘後就會降落在站前廣場生還。開戰鬥機，就算被擊落也要逃生，活下來再繼續迎接下次戰鬥，這樣才有機會打下更多的敵機，這是飛行兵的本分，在預科練時也是這樣教的。

但是，無人駕駛的這架零戰，一定會往末廣國民學校附近墜落。在校園裡有很多大聲合唱著〈富士山〉的孩子們，他們都像是從光與熱中出生般充滿活力。星期四是林百貨的公休日，京子應該也在家。

台灣是日本的國土，住在這裡的人是日本國民。大和魂真正的意義是「濟弱扶傾，保衛國家」，絕對要保護弱小的婦孺；無論保護的人是台灣人還是日本人，絲毫沒有區別，這樣的精神才堪稱是清高、不受污染的靈魂，這就是日本的武士道。

茂峰因為保衛國家的使命感，拉著操縱桿將機首提上。機身漸漸上揚，暫時算是穩定。茂峰呼的一聲吐了口氣，因為右翼受傷，飛機往右迴旋。設下陷阱的敵機，現在又繞到他後方射擊。可恨，這就是那架擊落岡村和少年飛行兵的敵機。茂峰迴旋想迴避，但是滿是彈孔的零戰，已經無法控制自如。茂峰很懊惱。

「被咬住尾巴，逃不了了。」

茂峰的上空，還有編隊飛行的對方戰機，看得出來他們想要準備出擊。以零戰的戰機性能，當然可以迴避後方的敵機，引誘敵方過來，再迴轉切入到敵機後方反擊；但是現在這架零戰只是勉強飛著，所以變成敵機單方面對茂峰攻擊。儘管如此，茂峰還是上下搖擺雙翼，拚命地想避免中彈。

Ｆ６Ｆ有六門機槍，兩千四百發子彈。比起來，零戰三十二型是左右兩翼各有二十公釐機關砲子彈一百發，前方的機槍七百發兩門，相對較少。敵機有大量的彈藥攜帶量，可以毫不顧忌連續射擊。槍林彈雨不斷撒下，茂峰的機體已經中彈十幾發，他盡量不被打到致命的部位。這架零戰已經無法移動自如，他一直被後方敵機的射線瞄準著。

子彈擊穿零戰的尾翼後降低彈速，繼續貫穿茂峰的左肩，擊破了駕駛艙的前方玻璃。血就飛濺到擋風玻璃上，駕駛座上被鮮血染紅。茂峰努力維持零戰水平飛行，如今艙門已經打不開了。現在真的完全沒有脫逃可能，只能盡量遠離市區，讓零戰飛到其他地方。敵機的掃射停了下來，茂峰拚命地撐住想要拉起機首，零戰的高度還是慢慢下降。

薄薄的雲氣順著機身往後方流過去，茂峰開始覺得冷。零戰飛過末廣國民學校上空，他最主要就是想要避免墜落在這裡，可以看到小小的，從教室窗戶抬頭看著天空的孩子們。

「太好了。我守住這些孩子們了。」

如果可以的話，想跟大家再唱一次〈富士山〉的歌。也看到京子的家了。在玄關門口，有個像京子的女生，抬頭看著這邊。那一定是京子。

「京子，京子小姐看著這架零戰……」

她穿著白色襯衫搭配白裙站著。十二天前，打勾勾約定這場戰爭結束後，要一起回水戶的，京子說她會等到那天。但是因為這場戰爭，我沒辦法等到那時候了。

「我好想跟你一起回水戶……」

眼睛朦朧了起來，一定是淚水的緣故。

「再見……」

眼淚被風吹散，已經看不到京子了。台南的街景一一向後方流去。

敵機還在後方三十公尺緊跟著。真討人厭啊，他是擊落岡村和少年飛行兵的傢伙。可恨的是茂峰已經無法反擊。就算這時候在槍林彈雨中爆炸起火，地面上也已沒有民房，死掉的也只有茂峰一人。

後面的敵機為什麼不射擊？他在想什麼？他想看到我就這樣在空中爆炸嗎？

「好了，快點開槍射擊！」對方還是緊緊地跟在後面。

「從台南車站上空一直追到這裡，到底在想些什麼？開槍呀，用擊落岡村和少年飛行兵的相同機槍，把我打下去啊！」茂峰忍不住怒吼。

在更上空的美軍戰機發話：「艾瑞克少尉，為什麼不擊落敵方？你不想擊落的話，我來。我從上空一次攻擊就能脫離戰場。你擋到了，快離開！」

跟在茂峰後方的美軍戰機，回話：「等等！他是武士。他會切腹，我來守護他到最後。」

不知為何，一直在上空壓制茂峰的那架敵方僚機，繞一大圈迴轉離去。

噠噠噠噠噠噠！終於從後方射擊。

曳光彈拉著粗粗的紅線往前方飛去，但卻沒有任何一發機槍彈擊中零戰機體。一發也沒中。接著，那架敵機向左迴旋急速上升，從視野中消失。

「為什麼不擊落我？」

茂峰放棄用降落傘脫逃的機會，把零戰飛到郊外的田地，避免墜落在市區。這段期間，一直是這架敵機跟在後面。

這架敵機已經不知去向。

感覺到地面溫暖的空氣，高度漸漸下降。風從被擊穿的擋風玻璃灌進來，發出低音，茂峰用右手從飛行服的胸前拿出姊姊照片。

「姊姊，還是讓你擔心了……」茂峰叫著姊姊，抬頭仰望天空，然後……

「京子小姐……」茂峰繼續喊著。

突然一陣強風吹進駕駛艙，擋風玻璃四處飛散，照片也因為風勢被吹了出去，隨風飄動飛舞著消失在藍天中。零戰緩緩地朝著郊外的田地降下，幾個貯水的小養殖池，像鏡子般地反射著白色光輝，從彈孔間射入的朝陽，光線就照射於京子布娃娃上。

茂峰握起繫在操縱桿上的京子布娃娃，抱在胸前。「京子小姐……我愛你。我們結婚吧！」

茂峰想看著京子的眼睛這樣說，但不可能了，他覺得遺憾。他已經發不出聲音，意識也逐漸模糊。茂峰這時把風聲聽成京子的聲音。

「京子……等你。」

前方戰鬥機迎面而來。

「敵機嗎？」茂峰左手握著機槍扳機，但他的手使不上力。戰機以極快的速度逼近。

「不是敵機……是零戰！」

在朝陽中，零戰的機身閃閃發光。原來零戰這麼美嗎？零戰鑽到茂峰機下，一翻轉，在茂峰左翼伴飛。

看到臉了。

「高平山！」

青木駕駛的那架零戰，現在是高平山在操縱。高平山打開零戰的駕駛艙蓋，伸出右臂，嘴開得大大的，不曉得在喊些什麼。

「高，你為什麼可以起飛？」

高平山盡可能地飛近，可以很清楚地看見他的臉。銳利的眼神，很有精神地大聲叫著：

「是我，高！別死啊！千萬別死啊……」

茂峰無法發出聲音。他伸出右手，拿出放在駕駛座側面聯絡用的黑板，在上面奮力地寫字。寫到一半粉筆就折斷飛走，茂峰把黑板拿給高平山看。

「活下去。」

高平山從駕駛座探出上半身，讀完了茂峰寫的字，張開嘴巴大聲喊著：「小隊長！」他把纏在頭上的千人針縫的布條，拿在右手揮舞。布條隨風飄盪，啪噠作響。

茂峰這時就算睜大眼睛，也幾乎看不到高平山。機身跟機身的間隔很近。兩機的機翼互相摩擦，發出尖銳的金屬聲。高平山探出身體，往茂峰的駕駛艙窺看；他把手指放到嘴裡，用力吹起口哨。

茂峰快要消失的意識，被高拚命吹出的口哨稍微喚醒。茂峰漸漸地又聽不到聲音了。從儀表板下方飄出臭味，火焰燒上來了。

茂峰緊抓著布娃娃，盯著京子的臉。他的唇緩緩地靠近，碰到了京子布娃娃的臉。

「……」

火焰向茂峰的臉逼近。

零戰拖著長長的黑煙，墜落在遠離市區的田中起火燃燒。

高平山的零戰，在墜落地點低空盤旋了好幾次。

起火的零戰燃燒的煙霧，還有在那周圍盤旋的零戰，被早上的陽光照射成剪影，不久都被吸進清澄的天空後消失。

在台南車站二樓看到這個情況的眾人，都為飛行兵的戰死雙手合十。他本來有跳傘逃生的機會，但是他拚命地控制操縱桿，避免在市區墜落。這是崇高的自我犧牲的精神，是光榮的戰死。

這次台南海域空戰中，零戰擊落敵機十架，金城少尉的地面火炮擊落一架，但是台南、高雄航空隊共有十七架飛機沒能返航。台南空沒返航的戰機中，從十六歲到二十歲的少年飛行兵有六人。茂峰還差一個月就二十一歲，如此年輕的生命就這樣戰死。從十月十二日到十六日，在台灣海域空戰中，日本方面損失的戰鬥機數達三百架以上，但是連一艘美軍艦艇沉沒的紀錄都沒有。

台南市區空戰的同一天，美軍其他航母艦隊上的機隊，對鹽水港製糖新營工廠進行轟炸，造成新營車站出現數名罹難者。其中就有京子的弟弟，和田亮二，亮二說過並非軍需生產的製糖工廠不會被轟炸，而他想到內地工作的夢想也破碎了。

這次被轟炸的新營，是台灣第一次受到美國軍機空襲的地方。之後對台南大規模的無差別轟炸持續進行，也造成一般民眾很大的犧牲。

到了第二天，墜落在海尾地區甘蔗田的零戰飛行兵，從軍靴上寫的名字，確認為日本海軍台南航空隊的杉浦茂峰飛曹長。

高平山在隔年的三月，報名參加剛組成的神風特攻新高隊，他在沖繩海域攜帶五百公斤的炸彈，衝向敵方航母而去。

十四、時代之淚——來自水戶姊姊的信

一九四四年十二月，歲末的林百貨正忙著在為正月準備。在台灣有兩次正月，一個是新曆的元旦，一個是農曆的春節；現在是準備過新曆的正月過年，日本客人比較多。

在林百貨入口，左右立起了國旗及門松（譯註：日本過年期間，掛在門上的傳統裝飾），一樓賣場展示從內地運過來賣的正月過年用品，羽子板（譯註：類似羽毛球的傳統活動）、風箏和鏡餅等的食材跟玩具。

台灣第二次的正月，是最能展現台灣人旺盛活力的農曆春節。新曆的正月一結束，馬上撤掉入口的門松，取而代之的是紅色的春聯，貼在入口左右跟正上方。一樓的春節用品陳設的是過年的裝飾，因為全都換成紅色和金色的吉祥物，看起來很熱鬧。每年林百貨對這兩次的正月過節，都預期收益會增加。

這天從早上開始，準備跨年的日本人客人在各樓層絡繹不絕。日本語流利的京子，除了電梯小姐的工作，還幫忙引導店內的日本客人，忙到連午餐都沒辦法好好吃。在忙亂中，一封信寄到了林百貨。

李課長在傍晚休息時間，把京子叫到會客室，他還打電話給妻子歌子請她也到場。

李課長跟歌子兩人進到會客室後，不久就聽到樓梯間的腳步聲，京子隨即敲門入內。

京子有點喘。今天店裡客人特別多，她顯得疲憊。

「啊，歌子老師也在啊，夫婦兩位都在，是有什麼事嗎？」

再怎麼累，電梯小姐的笑容還是在的。

李課長和歌子無意間互看了一下。

「今天，收到了從水戶寄來林百貨的信。」歌子的笑容有一點僵硬。

京子看到歌子不自然的表情，覺得氣氛開始凍結。

李課長一邊從上衣內的口袋拿出信件，一邊說：「最近，近海郵輪的定期航班，都被敵方潛艦的魚雷擊沉。這樣還能收到從內地寄來的信，應該也是一種緣分吧！」

李課長雙手拿著信交給京子，雙手接信的京子手指微微顫抖。

「你就坐在這邊讀吧。」李課長的聲音稍微上揚。

京子看著李課長點頭，緩緩地往沙發上坐去，身體微微顫抖，她雙手把信放在桌上，接著摘下帽子，放在信旁邊。

京子茫然地看著放在桌上的信，會客室籠罩在緊張、壓迫的氣氛中。

「林百貨　電梯小姐　和田京子小姐　收」

「水戸市五軒町　杉浦恭子」

茂峰戰死兩個半月了。水戸姊姊寄來的信，是在知道茂峰戰死之後？還是之前呢？京子盯著信看，心裡疑惑且混亂。

李課長拿起桌上的剪刀交給她，京子手裡拿剪刀，但是全身僵硬，緊張到連信封都拆不了。終於把信紙抽出來放在膝上，京子看著折好的信紙，猶豫著要不要打開來看。

她心臟的跳動越來越激烈，彷彿眼前的課長夫婦都聽得到。

歌子悄悄地站在京子身邊，輕輕地摟起她的肩膀溫柔安撫。

「冷靜下來！京子，冷靜！」

京子微微點頭把信打開，她在心裡讀了起來。

敬啟，京子小姐的信，我每天都會很開心地看一次。

你寄來的信裡，夾著鮮豔的紫紅色壓花，好漂亮啊！

包著壓花的白紙上，用鉛筆寫著「九重葛」，這應該是花的名字吧！

這個字一定也是京子小姐寫的吧！
水户並沒有開這種花，這就是台南的顏色吧。
從這壓花，我感受到台南的光與熱。
京子小姐好像很會唱歌，茂峰在信上，有提到跟你一起快樂地唱歌的事。
聽說你們有打勾勾約好，下次要一起回到水户來的樣子。
茂峰能在台灣遇到像你這樣美好的女性，我終於也能安心了。弟弟就拜託你了。
期待在水户能相見的日子。
敬祝一切都安好，電梯小姐的工作也請努力。敬上

水户的姊姊，恭子
昭和十九年十月二十二日

京子讀完信件。寄出的日期是茂峰戰死的十天後，內地的姊姊還沒收到戰死的通知。

京子用兩手拿著信，就這樣默默看著；她拚命地在調適心理，承受深刻的悲傷，努力地跟心中的哀傷對抗。

京子的呼吸變得沉重，漸漸感到窒息，身體開始僵硬，表情也扭曲起來，她壓低聲音哭了起來。大顆淚珠從臉頰流到嘴唇，落在打開的信紙上。鮮豔的九重葛色的口紅溶化在淚水中，淚水也變成被染成紫紅色的點點水珠，京子並未擦掉從眼睛滲出的淚水。

歌子用手帕輕輕幫她拭淚，京子靠往歌子的胸前，忍不住放聲哭泣。歌子輕輕擁抱京子，眼中也充滿淚光。

凝結的空氣，對會客室裡的三人來說，沉重而難以承擔。

京子失去了茂峰，同一天鹽水港製糖新營工廠的轟炸，弟弟學亮也死了。經過兩個半月，當時的痛苦和悲傷，正想要拚命忘記努力硬撐的時候，來了這封信。想要馬上給水戶的姊姊回信，讓她知道茂峰已不在人世。但是京子沒辦法提筆寫，她離開歌子的懷抱，緩緩站起，朝會客室的窗戶走去。

「可以把窗戶打開嗎？我想看看夕陽……」

京子打開窗戶，台南溫暖的風溫柔地吹襲，京子的髮梢搖擺著。整片天空都被晚霞染紅。

京子轉身向著兩人，會客室裡被寂靜籠罩。京子沉穩地說道：

「我……我啊，想跟日本人結婚到內地去……

如果真的結了，我打算不回台灣了。

這裡的客人以日本人居多，商品也幾乎都是從內地送過來的……所以我喜歡上了日本。

跟日本人結婚的話，就可以在內地生活。我以前一直很嚮往的。

就在這時，我跟茂峰先生在一樓的電梯前邂逅。

茂峰先生穿著全白的制服，很帥氣，很有男子氣概、又溫柔。不曉得什麼時候，我注意到自己有了戀愛的感覺。

對我來說，他是非常重要的人。一開始這樣想，就壓抑不了對他的愛。

所以我拚命地做了護身的布娃娃，

我……我，把布娃娃給他了，他卻還是死了……

我都跟他說別死了，拜託他了……」

京子流出如絲細淚，大口吸了一口氣，調整呼吸繼續說：

「我跟茂峰先生，在五樓的餐廳，約好要去水戶的啊。告訴我要帶我去內地，實現我的夢想，這讓我很高興。」

京子微笑地看著對面的兩人。

「他跟我說結婚吧！下次的正月過年，會帶我去水戶的。」

京子突然對兩人伸出左手，可以看到她無名指上的戒指。接著她深深地吸了一口氣，又說：

「我想讓水戶的姊姊看看這個戒指，這也可以讓她安心。不過茂峰先生，和我送給他的布娃娃一起……都消失了。」

京子轉身背對著兩人，從窗口探出身子仰望天空。上空有像零戰一樣的小小雲朵，被夕陽染紅後流動而去。

「是零戰呀……在那裡……」

京子把身子探得更出去，對著那朵雲小小揮手。

京子看似就要從窗戶掉下去，李課長跟歌子兩人慌張地站起來，雙手緊抱住京子的身體。

「京子小姐，不行啊，不要胡思亂想！」

京子回頭朝著歌子，一個人喃喃自語地說著：

「茂峰先生，一定是因為喜歡我的布娃娃，所以只帶走布娃娃而已，卻把我留下……只是這樣而已……」

京子落下淚珠，掉到地上都會出聲了。接著她慢慢地把臉抬起，靜靜地看著兩人。京子正拚命地整理情緒，她的表情漸漸放鬆、放空。兩手叉腰，深深地吸一口氣，說：「不用擔心京子，沒問題的！」

京子表情一變，眼睛一亮，告訴李課長跟歌子。

她從制服的口袋拿出鏡子，對著鏡子戴上帽子。燦爛一笑，京子又恢復成電梯小姐的笑容。

看到她這樣子，李課長和歌子只是茫然地望著。怎麼能突然笑出來呢？他們兩人完全無法理解，目瞪口呆。

京子又說：「這場戰爭中，對我很重要的茂峰先生，笑容可鞠的少年飛行兵，親切的金城少尉，我最愛的弟弟，他們全都同時死了。從我面前，一瞬間全都消失。」

京子慢慢地踱步，對著窗戶深吸一口氣說：「這真是悲哀。神啊，如果可以，讓我也一起消失吧……」

歌子想要制止她說這些話，正要踏出一步時，京子又繼續說道：「陣亡的四天前，還招待了少年飛行兵。他們第一次坐電梯緊張的表情，好可愛呀。」

京子那時跟茂峰還差點忍不住噴笑。她拚命忍痛回想起這段過去。

「大家買東西，我也都有幫忙，好開心啊。現在他們每個人的臉龐，都還浮現在我眼前。高橋幫姊姊買了皮鞋，清水為媽媽買了包包，大家都替媽媽買了口紅，本來想在正月過年探親的時候，帶伴手禮回去的。每個人都想看媽媽跟姊姊開心的笑容……」

京子抬頭。

「他們都有寫信通知內地的家人，我想他們家裡也都很開心地期待著。」好像又想到什麼，京子接著說：「禮物應該都還放在台南空的軍營裡吧。等這場戰爭結束，我來送去內地。」

李課長和歌子眼中含淚，靜靜地聆聽。

「只能戰勝悲傷了。我會連同十六、七歲逝去的人的那份，都一起努力的。這樣子想，就會湧出繼續活下去的新力量。」

從十月十二日到這天，京子的心中充滿著深刻的悲傷。她被這樣的悲傷層層包圍，現在，終於有活下去的新力量。

敞開的窗戶颯然地吹進風，京子張開雙臂迎風，轉身向著兩人，露出優雅的微笑。接著端正姿勢，學台南空少年飛行兵般立正。抬頭挺胸，挺直腰桿，用力地向兩人敬禮，下定決心地開口說：

「林百貨，電梯小姐，和田京子，休息時間結束，現在要回工作崗位。完畢！」

跟少年飛行兵一樣很有活力的聲音，一下子就抹去空氣中沉重的氣息。敬完禮後，京子把放在桌子上的信，放進胸前的制服口袋，急急地離開會客室。

京子打開門後，樓梯間響起跑步下樓的腳步聲。

與過去相同的夕陽，從窗戶照了進來，李課長和歌子從窗口望著夕陽餘暉的天空。

京子一直都是一個人在對抗著深深的悲傷，李課長跟歌子看到她好不容易再站起來，兩人不禁互望，露出總算放下心來的微笑。

……歌子靜靜地關上窗戶。

屋頂上末廣神社的鳥居，正綻放著鮮豔紫紅色的九重葛，和映照著台南天空的赤色晚霞融在一起，台南就像被紫紅色的花朵整個包覆起來，整座城市輝映著如此美麗的錯覺。台南上空的風，優雅地吹拂著小小的零戰般的雲朵，遠颺。

十五、故事尚未結束——飛虎將軍廟

一九四四年十月十二日的台南海域空戰中，一架因美國軍機機槍掃射中彈的零戰，為了避免墜落在市民的住家，拚命飛到當時都還是田地的區域後墜下。這種自我犧牲的精神，拯救了許多市民。根據當時住在這個區域、十二歲的少女目擊者描述，墜落的當下，飛行兵的身體從零戰機身彈出，遺體是仰躺著，臉正面朝天，雙手與雙腳使勁地展開，遺體呈現「大」字形。少女當下看到這個姿勢，感受到那位飛行兵彷彿是要貫徹表現「到死也要守護民眾」，那種像神明一般的堅強意志。

戰後過了好幾年，在零戰墜落的海尾地區，每晚都有人看到戴著白帽、穿白衣的亡魂在巡迴遊走。可是當人一接近就又突然消失，不斷有人目擊這種不可思議的神祕現象。村民便向海尾朝皇宮的保生大帝擲筊問事，才知道這個亡魂是在空戰中被擊落戰死，名叫杉浦茂峰的日本人飛行兵，而且他自己希望在此地永眠。一九七一年，就在零戰墜毀之處建了一間四、五坪的小廟開始祭拜。結果附近的田地豐收、水產養殖也很順利，生意興隆。這樣的佳話一傳開，就讓當地眾人更尊崇，來參拜的信徒絡驛不絕。

一九九三年，海尾朝皇宮管理委員會提案，決定將小廟重建，建地五十坪，堂堂皇皇的飛虎將軍廟終於落成。廟的地板和柱子是用豪華的大理石建材，柱子上鑲金刻著「正義」、「護國」、「英雄」、「忠義」、「大儀」這些字樣，另外也刻上展現對飛虎將軍的崇敬及頌讚的漢詩。在正殿鎮座的是杉浦茂峰的神像本尊，以及兩座分身。廟祝每天早晚兩次，將點燃的三根香菸敬獻於神像前。早上還會播放日本國歌〈君之代〉，傍晚是海軍軍歌〈海行兮〉，作為頌讚。在供桌的兩側，還立有中華民國國旗和日本國旗。這些全都是信徒的寄付，才能改建且營運。每年也有越來越多的參拜者來訪，不單單日本人，從海外其他國家來參拜的香客也越來越多。二〇一五年，中村文昭先生帶隊的六十人日本團來參訪，將日本式的神輿奉獻給飛虎將軍，從此開始進行公開的例行祭典。

二〇一六年，由海尾朝皇宮廟管理委員會的吳進池先生帶領，台灣熱心的信徒一行二十六人，與成為飛虎將軍的杉浦茂峰的神尊，一起搭上飛機，回到故鄉水戶市，返鄉省親。九月二十一日，在茨城縣護國神社眾多參與者的見證下，舉行了慰靈儀式。隨後訪問團還將神尊放於神轎，巡行回到老家原址，以及畢業的五軒小學校（現為「三之丸小學校」）等地，並在市街區中心遶境。在水戶的科儀結束之後，一行人與神尊搭著常磐線特急列車（相當於台灣的自強號），火車突然緊急煞車。這附近就是飛虎將軍杉浦茂峰，過去十四歲時入伍的預科練，一行人覺得是因為神尊想要好好看看讓祂懷念的天空，才讓車停下來的。

伊藤芽依在學生宿舍的房間裡，一直盯著手機看。這趟台南之行拍了將近一千多張的照片，跟過去茂峰相關的場景有：台南機場、林百貨、台南車站、末廣國民學校、台南法院、台南警察署、台南州廳、台灣第二步兵聯隊、台南高等工業學校、台南武德殿、台南一中、偕行社、新營車站、鹽水八角樓等，在短時間內大範圍走訪。這些地方，幾乎都還保留著當年建築物原有的風貌。至於在台北的樺山國民學校、太平國民學校、龍山國民學校、江山樓、第一劇場等，則是經由網路搜尋，不過也都看到現在的樣貌。透過這些照片，芽依彷彿超越時空，接觸到當年的杉浦茂峰。其他還有和中野良子一起逛赤崁樓、安平古堡這些觀光景點的照片，以及在神農街、花園夜市等地享用美食的照片。

在水戶市五軒町杉浦茂峰的老家原址，遇到從小學時代就是好朋友的中野良子，芽依馬上就決定兩人一起前往台南。在台南走訪杉浦茂峰昔日的旅途中，有件事讓芽依更加疑惑。那就是，茂峰其實到台南也只有半年時間，就被尊為神明祭拜，每天還有很多人絡繹不絕參拜。在台灣那段期間，實在難以理解台灣這種所謂「宗教」的現象，原本想透過這趟旅程深入瞭解，卻又更加疑惑。

在芽依參訪飛虎將軍廟時，還遇到好幾位日本人，甚至還有從德國來的觀光客。廟裡特地為從海外來的訪客，擺放著翻譯成數國語言的手冊，供這些遊客參考。

要回水戶的那一天，在前往高鐵台南站的路上，郭秋燕邊開車邊說，在台灣其他地方也有成為神明的日本人。他們多半是老師、警察，或是軍人中低階的士官等，屬於位階比較低的基層，都是跟地方民眾日常生活比較有關係的日本人。芽依在這趟台南旅行前，先到大學的圖書館裡看了台灣宗教歷史相關書籍，知道在戰前的台灣有兩百間以上的日本神社。不過在戰後，因為這些都是親日的象徵，都已拆除。

回日本後，芽依又到大學圖書館，試著從宗教的觀點來觀察跟瞭解。一九八〇年代後半，台灣的民主化正式展開，也開始認同言論自由，所以「日本人成為神，可以崇拜」這件事情就開始在台灣各地登場。這些神明都是由地方人士供奉，成為地方性的守護神，其中最具代表性的，就是飛虎將軍廟。

根據調查，台灣目前供奉這種日本神祇的宗教設施超過數十處。其中不乏簡陋的小廟，只有極少的信眾供奉。除了變成神明的日本人，在高雄市的紅毛港保安堂裡，甚至有將日本海軍軍艦當「神艦」的神明祭拜。因為台灣宗教的多樣性，誕生了很多神明，再跟當地的民間信仰結合，由民眾供奉。雖然這種信仰風俗在日本也見得到，不過在建築的規模和信仰上，多少還是有點差異。

飛虎將軍的「飛虎」，說的是戰鬥機，武人的首領就稱為「將軍」。為救百姓而死的杉浦茂峰，其精神的高風亮節是武者的楷模，就以最崇高的將軍位階來祭祀。

在台灣所謂的「日本精神」，是信守約定、注重禮節、不說謊、不浪費的品性、遵守法令與規則、勤勉盡責。不惜自我犧牲，本來就是日本人的傳統精神。在飛虎將軍廟的石柱上，透過鑲金刻字所銘刻的漢詩來傳達這樣的日本精神。

日本海軍飛行兵杉浦茂峰，在如此豪華的廟中受到祭拜。廟裡的一面牆上還展示了很多信眾的奉獻，供桌上也擺滿供品，香火不絕如縷。當地的安慶國小在學校裡，也以戲劇的方式表演呈現這段事蹟。很多來這邊參拜的日本人，想必也會因為這樣的場面，反而對台灣人充滿真摯的謝意吧。

芽依在這次的台南之旅中，走訪了飛行兵杉浦茂峰過去在台南各處的足跡，所以雖然出發前疑惑於他為何能在台灣成為神明，但現在卻好像漸漸可以理解。

芽依打開田野調查的筆記，上面有訪問過的建築物略圖和歷史，連當下感受等等也都詳細記錄。在筆記本中還夾著一朵壓花。那是在台南空當練習生的葉盛吉，當年他曾就讀的學校——台南一中校園內綻放的九重葛。校園裡鮮豔的紫紅色九重葛，映照著柔和的夕陽，隨風搖曳著。台南街道上到處都能看到九重葛，但是在台南一中的校園裡綻放的九重葛最是美麗。印有「林」品牌商標的林百貨店紙袋裡，放著芽依到訪各處所收集而來的大量門票和手冊。

戰後過了七十五年，台灣也進入下一個世代交替，所以不瞭解日治時代的台灣人也成為大多數。看到目前還保留在台灣各地，冠冕堂皇的日治時代建築，這些地方過去曾經發生什麼事？應該會有很多人感興趣，想要知道史實。透過自學去瞭解當時的這些歷史，再從現在還保存著的這些歷史性建築出發，就可以知道當時的日本人和台灣人的種種故事。

芽依將在明年一月提出畢業論文，不過論文題目還沒決定。有好幾個題目都在候補考慮中，一直沒有定論。二〇二〇年，日本的元月假期海外旅行目的地中，台灣是最受歡迎的。應該有很多的日本觀光客，都會看到遺留在台灣各地的日治時代歷史建築。因為接觸到台灣的歷史而懷念起那個時代，追究起日台究竟是怎樣的關係?想必因此，感到興趣的日本觀光客應該還會增多。

芽依注意到應該要好好整理、保存這些台南的照片了。她在大學是主修現代歷史學，其實也就是研究人類的一門學問。芽依改變了從自己來看台灣日治時代的角度，她思考畢業論文的主題，想要從後來成為飛虎將軍的杉浦茂峰開始描述，將他在台灣的這半年間，以及他周圍的少年飛行兵們所展開的生活來呈現。

論文題目：「台南空少年飛行兵的愛情論」

日本海軍航空隊，把十五到二十歲的飛行兵稱為少年飛行兵。雖然年紀還小，但即便成年人也沒辦法像他們那樣壯烈死去，他們匆匆結束短暫的一生。這些少年飛行兵們對明星照片都抱著淡淡的愛意。從重要的女性所收到的小小布娃娃上，也都能感受到強烈的情感。每張照片、每個布娃娃雖然都只是一個物件，但少年們都抱著純真的情感面對，小心翼翼地隨身攜帶。他們情感中的憧憬、愛戀、純真，最終都是無果，與少年們消失在曾經翱翔的藍天中。這是青春的一頁，但再也沒有第二頁了。

芽依將飛行兵的那個時代，和同年齡的自己所處的現代社會比較，再透過日本人和台灣人不一樣的身分認同，把重點放在情感轉換的過程，芽依決定把論文主題定為「純愛」撰寫。

將台灣那裡單純的少年們，他們年輕的熱情和活力呈現出來；與同時正在發生的戰爭中的悲慘做出區別，就可以感受到少年們的純真與率直。

「這裡是熱帶，光與熱的台南。在這個時代的台南，有現在無法感受到的爽快感。」

飛虎將軍廟的廟前有個小小的缽，綻放著和七十五年前末廣神社一樣的九重葛，鮮豔的紫紅色小花盛開著。這天也聽得到志工郭秋燕的聲音，她正在對日本訪客介紹在台灣成為神明的零戰飛行兵的事蹟。

末廣國民學校仍在原址，更名為進學國民小學；校園裡那棵像是把大傘張開的大樹，還是很茂盛。從那裡依稀聽見當年歌子老師的風琴伴奏，以及小朋友們活潑的歌聲。

從日治時代一直沿用至今，台南車站站前廣場上的幾棵大王椰子樹長得更高。在台南警察署的內院，看到比過去更加威嚴的榕樹長為巨木。台南武德殿裡的小學生們，還是很有活力跟幹勁地在練習劍道。

台灣步兵第二聯隊營房，現在是國立成功大學的校舍。在教室上課的學生們，漸漸和穿著飛行服的岡村和青木、高平山、高橋、清水的身影重疊，專注地聽著鬼里的講課。在教室旁的長廊，彷彿傳來軍刀的規律金屬撞擊聲響，配合著金城少尉與部下們抬頭挺胸的行進步伐。

在台南高等工業學校校長室裡，展示著京都校外教學的相簿。紀念照上滿臉笑容的學生，可以看得出和田亮二的樣子，帶隊的老師是哥哥義夫。

鹽水八角樓的一樓牆面上，展示著葉盛吉戴著飛行帽，雙臂交叉，威風凜凜的站姿照片，圖說是說著台南航空隊練習生時代的故事。

林百貨店還是跟當年一樣被保留，經過修復又成為台南的地標而重生。電梯就在當時的位置，也都還如常運作著。

電梯上頭牆面嵌著的，是半圓時鐘指針型的樓層指示器，正顯示著到達一樓。電梯門打開瞬間，穿著制服、帽子偏右歪斜戴著的電梯小姐出現了，她滿面令人愉悅的微笑，以流暢的日本語對你說：

「歡迎光臨，我是電梯小姐和田京子。」

一九四五之後……

建在可眺望花蓮港最高處的松園別館，是當年日本軍方所屬建築。當戰局吃緊時，這是用來接待隔天就要衝撞敵艦的神風特攻隊員的接待所。這裡的一樓資料室裡，展示著當年台灣人神風特攻隊員的遺書。拜訪此處，看到這封遺書的人，應該都會流下淚來吧。

「某位十七歲台灣人特攻隊員遺書」

媽，

我現在，在花蓮港北飛行基地。

再過兩小時，我將以神風特攻新高隊員身分，飄落在沖繩的海上。

昨天中午從霧社上空，向媽媽您做了最後的告別。

您有看到我的零戰嗎？

媽媽給我的布娃娃，被同期的岡村一起帶到天國去了。

今天，雖然沒有媽媽的布娃娃，但我不害怕也不寂寞。

只是，現在看到天空的晚霞，覺得有些許的悲傷。

我戰死後如果接到通知書，我想爸爸是堅強不哭的，但媽媽，應該會像在台南空的食堂時那樣，流很多淚吧！
妹妹也是，聽到哥哥死了的話，應該也會感到寂寞吧！
媽，
我是因爲特攻戰死，所以知道以後，也請不要爲我哭泣。
但是，媽媽無論如何還是會哭的吧！因爲很愛我。
今天雖然沒有媽媽的布娃娃，但我去衝撞敵艦，也完全不會害怕。
眞的喔！媽媽。
我，最害怕的，是媽媽您的眼淚。
所以，媽！
就算聽到我死了，也請別哭泣。
那，我走了。

參考資料

專書

渡辺博史編（二〇一二），《空の彼方：海軍基地航空部隊要覧》，名古屋：渡辺博史出版。
宮澤繁（一九八四），《台灣終戰秘史》，東京：いずみ出版。
又吉盛清（一九九六），《台湾　近い昔の旅 台北編——植民地時代をガイドする》，東京：凱風社。
司馬遼太郎（二〇〇九），《台灣紀行・行走街道四十》，東京：朝日新聞出版。
賴泰安（一九八三），《少年飛行兵よもやま物語》，東京：光人社。
名越二荒之助、草開省三編（一九九六），《台灣と日本・交流秘話》，東京：展轉社。
陳秀琍、姚嵐齡（二〇一五），《林百貨：臺南銀座摩登五棧樓》，臺北：前衛出版社。
三尾裕子編著（二〇二二），《台湾で日本人を祀る鬼（クイ）から神（シン）への現代人類学》，東京：慶應義塾大学出版会。

雜誌

名越二荒之助（一九九五），〈飛虎將軍廟——台灣で神と祀られた日本軍人三人〉，《靖國》第十一期，頁四—六。
《なるほど・ザ・台湾》三二八号（二〇一四）。
榎本眞己（二〇一八），《偕行・在台灣的飛虎將軍廟》平成三十年八月號。

網站

水戶市官方網頁〈關於「飛虎將軍」故杉浦茂峰氏〉，https://www.city.mito.lg.jp/page/1116.html，檢索日期：二〇二三年十一月廿四日。

後記

二〇〇五年起，我因為興趣開啟在台灣拔刀道的武術教學，拔刀道，是一種用日本刀劈斬物體的武道。二〇一三年八月，在台南學生的帶領之下，我第一次參拜飛虎將軍廟。

在威風凜凜、地板跟樑柱都是由大理石構成的豪華廟中，不知為何立著日本國旗。經由說明才知道，神尊原來是二次世界大戰時的零戰飛行員，他犧牲自己救下了許多當地的住民，才在台灣被供奉為神明。這位飛行員就是杉浦茂峰，他以「飛虎將軍」在當地聞名。廟中的供桌上陳列著供品，在一面牆上也展示著各種奉納的紀念品。對這樣一位日本飛行兵成為地方鄉里的守護神，台灣人慷慨地奉獻、祭拜，我心中燃起應該也要回禮、感謝的念頭，於是我跟學生每年都以拔刀道在神前演武作為供奉。

二〇一八年，因為工作的關係，我在台北認識了電影導演三木克彥，並且開始談起將「飛虎將軍」電影化一事。那時對日本海軍航空隊、零戰、日本式的教育制度、日本精神，到底在台灣是如何發展的，雖然還有許多不清楚之處，不過我已經著手大綱的進行，又一邊尋找方向一點一點地開始撰寫。

真實的歷史是：杉浦在台南上空跟美國軍機作戰時中彈，他只要跳降落傘就能獲救。不過因為失控的機體即將往市區墜下，會造成很多無辜的犧牲，杉浦飛行員想到此就抬起機首，把零戰開到偏遠的海尾地區的田野才墜下，爆炸、戰死。如果只有這部分的情節，想要構成一部電影是不足的。所以就將當時身處流行最前端的林百貨，加進故事的舞台，在零戰墜落、爆炸的真實故事前後，加入虛構的部分，才完成這個故事。

其實在故事中登場的「台南空三羽烏」（譯注：為當年台南航空隊的三位王牌飛行員的暱稱，三位都是擊墜王，是當年日本零式戰鬥機菁英、代表人物）裡的西澤廣義及分隊長小林善晴，都是我父親那邊的遠房親戚。零戰低空飛過校園，丟下鉛筆，然後急速上升、迴轉，是見過這個場面的父親跟我說的故事。因為這層關係，所以我對於自己埋在這部作品中的這些構思，有很深的感受。

這個故事的主旨是透過戰時的台南，在每一章中呈現出不同的「愛」。故事最後是犧牲自己，以高風亮節的精神來展現對人類、大我的愛。我希望透過這個故事，將在台灣變成神明的零戰飛行員杉浦茂峰的餘音，能夠如展翅飛翔般直接傳達給台灣的每個人。

最後，給予非常多建議的三木克彥先生，只聽了大綱就決定出版的前衛出版社林君亭先生，盡力幫助的飛虎將軍廟相關人員，以及杉浦茂峰在日本的故鄉水戶市的諸位，我都要表達最深切、誠摯的謝意。另外，一直支持我、鼓勵我的所有學生們，也深深地表達感謝與敬意。能在飛虎將軍杉浦茂峰百年冥誕紀念出版，要感謝所有的人。

少年們呀，展開雙翼向天空飛去吧。去追愛、去飛吧。

展翅

從水戸到台南
來自日本的飛虎將軍杉浦茂峰

原　　著　菅野 茂
譯　　作　三木 克彥
審　　定　周俊宇

企劃選書　林君亭
責任編輯　楊佩穎

美術設計　厚研吾尺設計工作室
內頁排版　烏石設計
出 版 者　前衛出版社
10468　台北市中山區農安街 153 號 4 樓之 3
電話：02-25865708｜傳真：02-25863758
郵撥帳號：05625551
購書・業務信箱：a4791@ms15.hinet.net
投稿・編輯信箱：avanguardbook@gmail.com
官方網站：http://www.avanguard.com.tw/
出版總監　林文欽
法律顧問　陽光百合律師事務所
總 經 銷　紅螞蟻圖書有限公司
11494 台北市內湖區舊宗路二段 121 巷 19 號
電話：02-27953656｜傳真：02-27954100
出版日期　2024 年 03 月初版一刷
定　　價　新台幣 320 元

ISBN：978-626-7325-88-9
EISBN：9786267325841（EBUB）
EISBN：9786267325858（PDF）

*請上『前衛出版社』臉書專頁按讚，
獲得更多書籍、活動資訊
https://www.facebook.com/AVANGUARDTaiwan

國家圖書館出版品預行編目 (CIP) 資料

展翅：從水戸到台南．來自日本的飛虎將軍杉浦茂峰 / 菅野茂著；三木克彥譯．-- 初版．-- 臺北市：前衛出版社，2024.03
面； 公分
ISBN 978-626-7325-88-9(平裝)
861.57　　113000443